今夜無神 2

GOOD NIGHT

季南一 著

目錄

副本四　人類牧場

「走自己的路，讓別人說去吧。」—但丁。

標籤社會

副本二

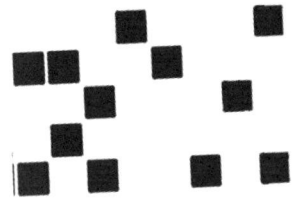

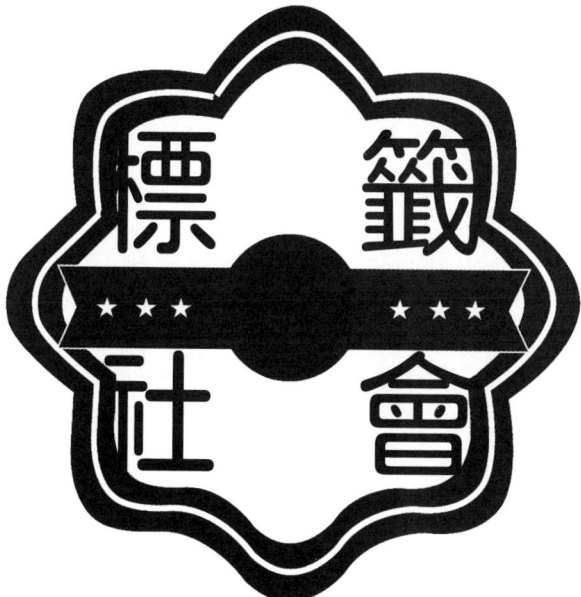

第七章　背棄之人的懺悔

99分的言晃回到了網路世界。

在回到網路世界那一瞬，江蘿便蹦蹦跳跳地走上前來，臉上帶著精明的笑意。「怎麼樣，我和你配合得——」

還沒等她繼續說下去，言晃便揮動「家庭和睦之刀」對準了她，破風聲響起，她的劉海被割碎，碎髮飛舞。

江蘿的小臉一凜，迅速退後幾步，憤怒地看向言晃。「言晃，你幹什麼?!」

「啊！」剛剛醒來的江毅第一眼就看到了這個場景，心下一驚，開口叫著。

言晃沒理他，保持溫和的微笑看著江蘿。

「江蘿，我不介意成為第二個『背棄之人』。」

江蘿精緻的小臉沉了下去。「言晃，你什麼意思？」

「江毅頭上的標籤代表什麼，我想不用多說，妳應該很清楚。」言晃聲音清冷。「大家都是聰明人，一直藏著就沒意思了。」

「標籤社會」的初始身分多少跟玩家本身會沾點關係，言晃找到江毅的地方是第四層地獄「孽鏡地獄」，同時也能看到江毅的標籤中最醒目的便是「背棄之人」，再加上江毅曾經給言晃一個名為「背棄之人的眼淚」的道具……這一切都證明，江毅並不像他表現得那麼謙和文雅。

言晃想要知道什麼，江蘿心底再清楚不過了。在「副本」這種危險指數極高的遊戲中，每一個資訊都極度重要，何況是一起組隊的隊員資料。就算他們之前沒有明確告訴過彼此自己的天賦技能到底是什麼，但是大家都能透過個人屬性面板資訊判斷。

只是，她爸爸直接偽裝了自己的天賦。他真正的天賦還是——「背棄之人」。

這樣的標籤被隱藏起來，會讓人瞬間起疑，實在是太正常不過。

但……那是屬於爸爸的祕密。

「我們沒有害過任何人，爸爸現在狀態很不好，如果我們想害死你的話，在爸爸被救之後，我就可以選擇拋棄你。」江蘿也十分理智，並沒有亂了陣腳。

言晃的刀依舊指著江蘿的額頭。「所以我才給妳解釋的機會。」

如果不是「背棄之人的眼淚」這個逃命道具以及江蘿的配合，他也不會手下留情。

很明顯，這對父女極力想要得到他的認可與信任。

江蘿深吸一口氣。她也沒想到事情會發展到這個地步。爸爸的祕密，從進入副本開始就藏到了現在，如果不是孽鏡地獄和標籤的雙重疑點，根本就不會有人發現！

如今……所有人都知道爸爸隱藏了這個標籤。如果不解釋，以後他們在副本裡的日子只會越來越難過，就算她自詡能力不錯，也不敢保證可以在沒人信任的情況下跟爸爸一直在副本裡暢行無阻。

可是爸爸……明明就罪不致死。想到這裡，江蘿就忍不住眼眶泛紅。她不能哭，那只會顯得她很弱小，如果她不夠強大，以後誰來保護爸爸？

或許是感受到了女兒的焦慮，一旁躺在沙發上的江毅，開始用失去舌頭的嘴巴發出聲音。他只能發出簡單的音節，乾乾啞啞的，也聽不清楚到底在說什麼。

但父女連心。江蘿咬緊下唇，盯著言晃。

「我爸爸有話告訴你，他要我搭建你們的精神溝通橋樑……」

她並不矯情，也不喜歡多事。如果這是爸爸自己的決定，她會尊重。

她只搭建了言晃與江毅的連結，並沒有把自己也加進去，所以聽不見兩人的對話。

這是江毅的要求。

言晃的腦內出現了屬於江毅的聲音。

「言先生，很抱歉欺騙了你……但我們對你沒有惡意，準確來說，我們對任何人都沒有惡意。我是『背棄之人』沒錯，我不會否認這點。但我……不曾背棄任何人。那些人說得沒錯，之前跟我們組隊的人的確都死在了副本裡。但我發誓，我從未對他們做過任何傷天害理之事！如果我想害你，也不會給你『背棄之人的眼淚』，至於我隱瞞一切的原因……很快，你就會知道了。現在，請相信我！請你相信我！」

他一邊與言晃在腦內溝通，一邊顫巍巍地從沙發上站起來，朝著言晃所在的方向，然後跪了下去！

言晃見狀一驚，下意識地想要上前扶，還不等他有所動作，江蘿已經撲了上去，顫抖地問：「爸爸！你做什麼？」

江毅摸了摸江蘿的頭，聲音沙啞滄桑。「小蘿，妳別管，聽話。」

江蘿抿著唇，紅著眼睛直接陪江毅一起跪下。「我不管，你做什麼，我都會陪你。」

江毅清楚江蘿的個性，忍不住嘆了一口氣，卻也不再勸說，將目光重新落到言晃身上。「言先生……我跟你說一個祕密，請暫時不要告訴小蘿，如果她知道的話，會生氣的……」

言晃深吸一口氣，並沒有放下瞄準著江蘿腦袋的刀，臉上的防備之色暫退。「說吧。」

下一秒，江毅展示了自己的祕密。

玩家：背棄之人——江毅

天賦：背棄了自我與尊嚴的人啊，你終將得其所願。

唯一天賦隱藏資訊：當放棄屬於自我的某一事物，將會得到同等價值的回報。

「我以失去說謊能力為代價，換取熟悉標籤社會規則的權利。從進入副本的那一刻起，我便已經走入了我的結局……標籤社會，其實是我為自己精心準備的墳墓。」

言晃滿眼震驚。「你在開玩笑？」

江毅笑著搖了搖頭。「言先生，我想告訴你的都說了，至於你相不相信，決定權在你手中。現在你擁有了我最害怕的把柄。其餘的，我不會再多加干涉……你是聰明人，很清楚接下來我們無論做什麼，都無法阻擋你通關，請信任我最後一次。」

言晃看著面前的江毅，只感覺混亂無比，江毅說出這些實在是太過於冷靜、清晰，他大膽猜測從進入副本到現在，江毅都心知肚明自己會遭受到什麼。

例如，進入副本的初始點就在「孽鏡地獄」，在那裡會承受無比的痛苦。又如，他很清楚自己會被救下來，必須坦承面對一切。

言晃覺得這個男人有些可怕。但毫無疑問地，他的確吐露了自己的所有。

言晃咬咬牙，直接利用自己的天賦：

「江毅，你現在所言，皆為謊言。」

——謊言判定為對立事件，判定失敗。

——結果：江毅所言皆為真實，他已失去說謊能力。

言晃覺得有些可笑，一心求死的人，怎麼還那麼有耐心進入副本替自己挑墳墓。但他的天賦告訴自己，江毅說的都是真的。

「作為欺騙我的懲罰，很抱歉要告訴你，那丫頭還小，你死不了，必須繼續照顧她。」說完，言晃目光落在江蘿身上。

「江蘿，該幹正事了。」言晃一個小小的巴掌輕拍在江蘿腦袋上。

這讓原本表情凝重、一直像個小大人一樣的江蘿猛然看向言晃，小孩子的天性一下子展現出來，驚喜又興奮地問了一句：「你願意相信我們了?!」

她的雙馬尾在腦後搖晃，眼中亮晶晶的，激動得全身都在顫抖，彷彿不敢相信這是真的，臉上笑意越來越濃，雙手抱住言晃的大手搖了搖。「我爸爸跟你說了什麼才讓你相信了？果然我看人的眼光不會錯，你才不像其他人那樣膚淺呢。嘿嘿……我的計算從不會出錯！」

她天真爛漫地把所有喜悅表現出來，言晃對她笑了笑，一隻手放在江蘿的腦袋上揉了一把。

「去問妳爸爸，他叫我別告訴妳。」

江蘿沒好氣地輕哼了一聲。

問她爸爸？那個老古董……明明那麼弱，還偏偏倔得要命，一旦認定了一件事，誰都改變不了他。江蘿聳了聳肩，活力滿滿。「既然我們都沉冤得雪了，你想要我做什麼，我絕對配合到底！」

「先建立我們三個的精神橋樑。」

江蘿點頭，下一秒說：「好了。你快說，要我做什麼？」

「利用我99分的許可權……直接控制整個標籤社會的電子資訊設備，開始全地圖實況直播。」

江蘿愕然眨眼。「你確定？」

「擁有足夠的權限後，這件事對妳應該不難吧？」

江蘿點點頭。「的確不難……但你想做什麼？」

如果沒有足夠的權限，那如此大面積的電子掌控對她來說幾乎是不可能做到的。但權限足夠時，她只需要把訊息傳遞到每一個電子設備當中，就能一路暢通。

言晃默默拿出兩塊晶片——「公主的晶片」和「惡魔的晶片」。

「妳已經知道公主的晶片是什麼內容，再看看惡魔的晶片吧。」

言晃一邊說，一邊將「惡魔的晶片」裡的內容放出。

這是一段小小的影片：

一個小女孩抱著腦袋，埋進膝蓋，蜷縮在黑暗處發出啜泣聲。

她的頭上並沒有標籤。即便沒有標籤，她也恐懼著外面不斷傳來的模糊叫聲，聽不清楚到底在罵些什麼。但不用想也知道，都是些惡毒到了極點的話。那些完全不了解她的人在痛斥她。她因此而顫抖、哭泣。在黑暗之中，她孤立無援。

一個紅皮惡魔從她的身體裡走出來。

少女似乎感知到了什麼，茫然地抬起頭，看見了那位紅皮惡魔。

紅皮惡魔的頭上也沒有標籤。牠輕輕地微笑著，伸出自己的手，牽住少女，就好像在說——我會保護妳。

於是，周圍的世界化作地獄，所有人都被困在了這裡。而那位少女，是唯一自由的存在。

影片到此結束。

江蘺眨了眨眼睛，又看了一眼「惡魔的晶片」上記錄的「我們從未離開過地獄」。

因為「地獄」，來自「人間」。神不在「人間」，也更不會在「地獄」。「地獄」在懲戒

「人間」中作惡多端之人，而這些惡……是「人間」中的「百分之人」。

「百分之人」在「人間」是大善，在「地獄」卻是無可饒恕之惡。

「等等——」

「地獄跟現實世界的認知吻合?!」江蘿馬上就聯想到這一點，興奮無比。

在她說出這話的時候，言晃便明白江蘿已經清楚了標籤社會的整個副本體系。

「是的，地獄跟我們的認知是一致的。

「神定下了『百分之人』可見神的規則，這是『公主的晶片』明示的鐵律。

「無論是『公主的晶片』還是『惡魔的晶片』，透露出來的資訊卻一直缺少著標籤社會的標誌。」

「『標籤』！」

「還記得我們所處的世界叫什麼嗎？」

江蘿聽見言晃這般提問，大腦一個空白，嘴唇微微顫動。「我們所處的世界是——

「『網路世界』！」江蘿仰起頭與言晃對視。

「我們從未離開過真正的『地獄』，因為地獄本身便是『網路世界』。

「而無論是多麼沉迷在『網路世界』中的人，終究要回到『現實』。

「神，從來都不是虛擬的。

「回到擁有著與我們同樣認知的『現實』，才是真正走向『神的領域』。」

「公主的晶片」中，那位存在於「現實」的夫人說過：

「我的小公主呀，要記得……一定要做一個好人，成為百分之人，然後見到神……這樣，才能永遠無憂無慮下去。」

所有人都知道，在扭曲的「網路世界」中，好人是活不下去的。一直以來都沒人見過標籤社會的神，原因便是如此。人們在物欲橫流的「網路世界」被權力與瘋狂迷失了自我，扭曲了對「現實」的認知。

在「網民」的介紹中，只有一到九十九分，但有兩個特殊的值被排除：百分，零分。如果「網路世界」的「百分之人」是「現實」中罪無可恕的惡人。那麼，「網路世界」中完全活不下去的「零分之人」便是「現實」裡的好人！

通往「神的領域」的真正方向——是零！與時代逆流而行的零分之人！

江蘿激動得差點尖叫出來。

「你想怎麼做？百分之人難做……零分之人更難！」

言晃的目光落在了「公主的晶片」上。

「當一切善意被打上虛偽標籤時，社會必然走向毀滅。答案……她早已告訴我們了。」

言晃看向江蘿。江蘿也想到了。

「慈善家。」

在這個扭曲的社會，成為一名真正的慈善家，打破所有扭曲意識，努力成為自己真正想做的人。

這就是通往「現實世界」的路。

在「現實」的世界中，日常的交流裡，人們對他人總是表面上保持著友善，不管那是真正的善良還是偽善，是真實還是面具，但只要友善，就一定能得到更多人的喜愛。

江蘿點點頭。「我明白了……你想要我幫你控制整個標籤社會的電子設備，進行人生直播……蹲下來。」

言晃配合地蹲了下來，將後頸暴露在江蘿面前。

「現在，我要用你的晶片來接通這個網路世界的所有晶片和電子設備！」

說完，江蘿的一隻手便放在了言晃的晶片之上。

一時之間，資訊流暴動。

在標籤社會中擁有著最高許可權的「99」分晶片，入侵了所有人的晶片，也入侵了所有電子設備。大街小巷的看板在一陣閃爍之後，出現了言晃晶片中記錄著的畫面。

不同情境的人們面前，一致跳出同樣的畫面。世界的每個角落，都被言晃三人的畫面填滿，無處不在！

「網民」們看到畫面時無比意外，陷入茫然，他們嘰嘰喳喳地討論著，明顯是因為這可怕的變動而心慌，左顧右盼。

整個世界被言晁的「人生直播」霸佔！

使用完能力之後，江蘿整張小臉都白了，倒在言晁的懷裡。言晁將她放在沙發上，自己也坐好。江蘿的眼中閃過一串代碼，嘴角一勾。

「言晁……交給你了。」

言晁點點頭，正色起來，目光凝視著前方。他萬眾矚目。而萬眾，也正被他注視著。

「各位生活在標籤社會的網民，你們好，我是標籤分99分的言晁。我也沒想到會和大家在這樣的場合下見面，還請你們保持平常心，不要驚慌，也不要恐懼。身為這個社會分數最高者，我看到了太多的腐朽與黑暗，所以決定盡我所能改變這個社會，替這個社會制定新的規則。

「為了建立良好網路環境，作為網路世界現下許可權至高之人，我提議，拒絕以獵奇血腥暴力色情為噱頭吸引他人評價高分，禁止以作惡為主流，使社會居民提自相殘殺。

「我們是這世界的居住者，應該共同建立美好世界，宣導真善美為核心的人生，以社會和諧為前提——廢除標籤分的核心形式！打造一個屬於我們自己的烏托邦！」

此話一出，所有人都炸了。

「他在說什麼？真可笑！」網民們紛紛嗤笑，對言晃的話不屑一顧。
「他是不是忘了，他的最高分是我們給他的！」
而實況台的彈幕也是層出不窮。
「欺詐者竟然敢在這個社會說出這樣的話?!」
「他想要憑藉一己之力改變這個世界？」
言晃毫不在意所有騷動，繼續沉聲說著：
「作為本次世界改革的發起者，為表決心，我將捐獻自身所有財產給所需之人！同時，我願以我自身命運為代價，接納本次改革的意見！贊成者，給我好評；反對者，給我負評。」一旁的江蘿與江毅二人同時抬高自己的手。「我們贊成！」
「請投票！」
一時間，暗流湧動，無數雙眼睛盯著他們，嘲笑著他們。
規則是用來遵循與適應的，妄圖改變規則之人必將受到懲戒！世界之人，容不下世界以外的任何想法！
三人頭上的標籤變了又變，分數更是如火箭般飛速下降。

98 88 78

驟降的分數最直接地表達了整個「網路世界」的網民對言晃所述觀點的排斥與諷刺：明明擁有巔峰的人生，卻偏偏要挑戰社會的規則。眾人的力量是絕對難以抵擋的，所向之處皆為真理。

三人的分數即將跌落谷底，卻絲毫沒有要被這個世界拋棄的遺憾與恐慌，只有一抹淡淡的笑意。他們頭上的分數皆只剩下一分，過不了多久就會清零。

言晃不知何時已經坐在了沙發上，十指交叉握緊，身體微微前傾，雙肘靠在膝蓋。他的鏡片映照出這個世界正開始閃爍資料代碼，那黑藍色光芒如電流一閃而過，出現的頻率卻越來越快。

言晃輕輕地落下一句：「看來，各位的意見還是十分統一。如果不願意迎來新世界的話，那麼……就請在夢中永眠。」

他話音落下的一瞬間，三人頭上的分數徹底清零！他們頭上的標籤也正式消失！

周圍的環境驟然翻天覆地，所有場景都在高速閃爍，伴隨著「滋滋滋」的電流聲，一切事物開始化為虛無。

「網路世界」中的所有人都感覺到了世界的變化，他們面前的實況驟然關閉。晶片發出盛大的光芒，將所有人包裹其中，他們驚恐地抬頭，一個聲音在他們的大腦響起：「歡迎回到現實世界，地獄裡的夢旅者。」

在他們接收到這個資訊時，肉身也在此刻化成碎片，向天際消逝。

轟轟轟——摩天大廈開始搖晃，虛擬的世界正在崩塌，晶片發出一道警告。

「警告！307號世界出現一級漏洞，建議清除！建議清除！建議清除！」

言晃與江蘿同時意識到不對勁。虛擬的世界分明已經處於坍塌之中了，為何他們還沒有回到「現實」？

江蘿詫異地問言晃：「言晃，這是怎麼回事？」

言晃也不清楚，只是沉著臉思考。按理來說他們的推測應該沒錯。更何況現在虛擬世界也在崩塌中，正常情況下，應該是沉睡的人從現實世界中醒來，但現在竟然變成了清除……這不合常理，除非——

就在此時，江毅突然大笑起來。江蘿感到意外地出聲：「爸爸？」

言晃迅速反應過來。「江蘿，快連接我們三人的精神橋樑。」

江蘿「嗯」了一聲，頂著巨大的壓力，開始搭建三人的精神橋樑。

江毅閉著眼看向二人。他用自己說謊的能力兌換了不遺忘這個副本的一切核心規則。

「這的確是通往現實世界的路沒錯，只不過，在玩家們無數次使副本崩塌後，這個副本的神的心結並未打開。她已經累了，不願再見任何人，所以……當世界崩塌之時，玩家也會死去。這個副本一開始，就註定了只有死局。」

江毅輕輕地說：「不過，你們不用擔心，我不會讓你們有事的。」

兩人聽了江毅這番話，心中隱隱有不好的預感。江毅清楚知道一切，所以計畫了一切。言晃忽然想到江毅說的那一句：標籤社會是他替自己準備的墳墓。

他下意識地握緊拳頭。「你想做什麼？」

江毅沒有回答，只是默默地說起自己的事。

「都快要結束了……我終於等到了這一天。我等了太久太久，也該告訴你們一切了。」

說著，江毅的手摸上了自己的晶片。

「人生紀錄」的畫面被傳開。

晴空萬里，朗朗讀書聲。江毅在教室中帶著學生們一起朗讀著一篇名為〈地震中的父與子〉的課文。五年一班共五十七名學生，學生們都很喜歡這個江老師。朗讀完後，學生們百感交集，有個孩子忽然提問：「江老師，地震真的那麼可怕嗎？」

江毅溫柔地笑著，解釋了地震到底有多可怕，舉例了許多。他一邊說，一邊還示範給孩子們看，繪聲繪影的，極為生動，然而孩子們被他說得都害怕起來了。

有人顫抖著說：「難怪我們要做防震演練，原來會死那麼多人，太可怕了。」

江毅笑著說：「別擔心，我們這裡的地勢幾乎不會遇到地震，就算遇到了也是小震，只要跟著防震演練做，大家一定可以平安無事。」

孩子們又舉手問：「那江老師會像防震演練那樣一直保護我們嗎？」

江毅聞言愕然，旋即一笑。「當然啦，你們這群傻孩子要是遇到地震絕對亂成一團，連路都走不動了，老師哪會放心啊？」

畫面一轉。

江毅剛從廁所出來，便感覺到了一陣地動山搖，本能促使他馬上蹲下。天旋地轉之際，他聽見了五年一班的孩子們傳出恐懼的尖叫聲。

「地震了！地震了！快像防震演練一樣，要有秩序地疏散！」

「可是江老師不在啊！江老師呢?!」

「媽媽——我怕!!」

江毅身體一震，在晃動的走道上扶著牆，飛快朝著班級走去。

「別怕！按照防震演練走，老師在這裡！」

他拚了命加快速度想往自己班上走。班上的孩子們也在整頓隊伍後開始往外跑。就在這個時候，一道哭聲傳入他耳中。

只見空蕩蕩的樓梯口邊，有一個兩歲左右的小女孩抓著扶手哭叫：

「媽媽……媽媽……」

沙石從縫隙掉落，她看起來害怕極了。一個劇烈的晃動使小女孩直接被震得掉下了樓梯！江毅驚恐地瞪大眼睛，一邊是班上孩子們的求救，一邊是那孩子的淒厲哭喊。他心中掙扎萬分，最後朝著自己班級大喊了一聲：「快跑！不要待在裡面，趕快往外跑！有多快就多快！」他一邊說，一邊朝樓梯衝了過去。

而這個時候，五年一班的孩子們也終於有人跑了出來。

他們看見江毅奔跑離去的背影，歇斯底里地叫著：「江老師！你不要我們了嗎?!」

此刻江毅手中已經抓到、抱緊了懷裡的孩子，他能聽見學生們的呼喊，但這個時候他已不能回頭了。

在地震中逆行與停滯都會成為求生路上的障礙。他要盡快把這孩子送到安全的地方去。「你們趕快跑！跟上！」他咬緊牙關丟下這句話之後便竭盡全力抱著孩子往下。

地震中，他是第一個衝出教學大樓的人。他衝出來的畫面被蹲在操場想要拍下地震情況的人們捕捉。在他身後，其他班級的學生們也被自己的老師帶出來，一班接著一班，唯獨他身後沒有。

他快速地把小女孩放在安全的區域，毫不猶豫轉身要回到教學大樓，但所有的路都被逃出者堵住了，根本無路可進！

地面在晃動，人們在恐慌，江毅的內心無比緊張，全身都在冒汗，祈禱著五年一班的孩子們一定不要有事，千萬不能有事！

終於，他等到有機會進入通道，甚至看到了五年一班的學生馬上就要走出來。

突如其來的「轟隆」一聲，教學大樓開始垮了。

那山崩地裂之勢出現在眼前，令江毅的臉一下子失去了血色。

他看見孩子們正在看他，聽見無數拍照時的「咔嚓」聲！

他看見……孩子們的臉上充滿了不解與悲憤，那斥責的眼神有如一把利刃，狠狠地戳進江毅的心裡。

一眨眼，高樓大廈，化為廢墟！

與此同時，江毅身上被無數人插上了標籤——「背棄之人」。

為他打上標籤的是網友們的評價、家長們的眼淚、學生們的質問，以及他對副本懇求來的願望。

——請讓我逃離現實。

「我以為進入副本之後，人生會變得更好……但在我進入第一個副本時，『背棄之人』這個天賦的判定便明示了我是個什麼樣的人。我失去了勇氣，將『背棄之人』替換成了『指導師』，然後利用我的懦弱膽小，走到了今天。

「我想在副本裡重新開始生活，成為一個熱心的指導師，以此來減輕我的愧疚，但或許人一旦犯錯就會萬劫不復，一旦逃避便會遭受永無止境的詛咒。

「跟我組隊的每一個人，最終都會在各式各樣的意外情況下死去……我在副本之中，也被打上了『背棄之人』的標籤。」他一邊坦然說著，一邊又笑著落淚。

「我到底是為什麼才繼續活了十年呢？」他這麼自問，看著江蘿。

「或許是有個被拋棄的孩子，還需要我去照顧吧。

「不過，現在小蘿也已經五年級了呢。」

如果不是這個孩子，或許他會早早拋下自己背上的沉重負擔。

江蘿聽到這裡的時候，已經有了強烈的預感，她緊緊握住雙拳，撲到江毅的懷裡，雙手抱住他的腰。「是那些人不了解你！我不准你做傻事，我還沒十八歲，還沒成年，你說好要等我有能力保護你那一天的。」她強忍了許久的眼淚終於還是潰湜，雙手抱得更緊了。江毅只是輕笑一聲，伸出手摸了摸江蘿的小腦袋，寵溺地為她順好頭髮。

「小蘿不是一直都在保護爸爸嗎？」

「沒有……不是，我還沒讓大家跟你道歉，不算！」

江毅心中也惆悵啊，他嘆了口氣，語氣還是那麼溫柔。

「那看來爸爸要失約了呢……爸爸太累了。」

很累很累。那些情緒一層一層地包裹住他、侵蝕著他。他每一次入夢，都是更深的愧疚。

江蘿聽到這一句，完全控制不住地尖叫一聲，雙手不甘地抓緊江毅的衣服，捏得皺層層疊疊，啜泣著：「我不准你拋棄我，爸爸……我只有你……從小到大，我只有你。」

但她發現自己雙手抓住的人，好像變得特別輕了。

她錯愕地抬頭，發現江毅的身體竟然也開始化成碎片，而她和言晃的身體，卻依舊好好的。「你又交換了什麼？」她問得很小聲，甚至快要沒氣。

江毅笑著為江蘿擦去眼角的淚水。「以後，要好好聽話。」然後對言晃說：「看來，言先生沒辦法懲罰我了。能在墓園遇見你，是緣分。我知道你是一個很厲害、很勇敢、很溫柔的人，比起我，你更能保護好別人。」

言晃凝著眸子，一時說不出任何話來。

江毅長舒一口氣，又笑了笑。「言先生不必感到自責，我說過標籤社會是我為自己選的墳墓。所以，麻煩你以後替我好好照顧小蘿，她是個很懂事的孩子，不會拖你後腿。作為回報……在我死後，我的所有道具都將歸你所有，這是我目前唯一能夠支付得起的報酬了。」

言晃看著他，深知從一開始選擇與他們組隊，自己就被算計了進去。無論是什麼走向，一旦他們成功找到通往「現實世界」的道路，江毅就一定會使用自己的天賦，用一條命換取兩條命。

「你就不怕我在你死後不管江蘿？」

江毅搖搖頭。「你不會的。」

能讓副本裡的神都捨不得的男人，從遇見他的那一刻就成為了江毅為自己設計的葬禮中的一環。

江蘿抱緊了江毅，咬著牙，撕心裂肺叫著：

「你怎麼可以這樣！你怎麼可以這麼自私這麼膽小這麼懦弱！

「我都說我會保護你了！我會讓你享福，你怎麼偏偏就是不等我長大！

「我不要言晃！我不要……我只要你！

「爸爸，你不要拋棄我好不好？你不能不要我……」

十二歲的女孩再早熟，也只是一個孩子。當她發現江毅選擇了標籤社會時就已經隱隱察覺不對，但萬萬沒想到，對她百依百順的人竟然會食言！

江蘿吸著鼻子，懷裡的男人逐漸碎化而去。

江毅笑得很舒坦，他終於迎來了解脫。他最後一次為江蘿擦去眼淚。

「乖……要好好聽話，以後言叔叔不會慣著妳的。」

他的聲音漸漸消失。江蘿用力的擁抱成了一個落空。

在江毅生命走向最後一刻的時候，他也終於能夠揭露自己最後的隱藏。他打開了自己的屬性面板，暴露在所有人面前，用自己的「懦弱」，將天賦那欄的「指導師」換回了原本的——「背棄之人」。

背棄之人的天賦在這十萬人同時觀看的實況中顯示，就連天賦隱藏資訊也一覽無遺。

「我終於可以，接受自己了。」他的面龐落下血淚。

在這時，一道響亮的聲音傳入耳中。

——恭喜「背棄之人」找回自我，天賦更改！

江毅那「背棄之人」的天賦以肉眼可見的速度轉化。

玩家：指導師——江毅

天賦：勤勤懇懇教學生，認認真真教自己，我將以一生來完成屬於我的一節課——接受自我。

天賦隱藏信息1：自身以外不可見。

天賦隱藏信息2：自身以外不可見。

力量：2.1

敏捷：1.7

智力：1.5

所屬公會：無

綜合評價：毫無疑問，您是一名優秀的老師！

當最後的評價宛如一個奇蹟出現之際，江毅不完美的生命之中，畫上了一個完美的句點。消散那一刻，江毅落下了一滴感恩的淚水。他終於真正走向自己的墳墓。

江蘿咬著牙，全身都不停顫抖。「不准哭！江蘿……妳不准哭!!」

她告訴自己，以後要更加堅強，沒有人會再無條件地寵愛她，她要快快長大。言晃伸出手抱住江蘿，任由她在自己的懷裡最終忍不住地放聲痛哭。

實況台中是無止境的寂靜。

已經突破了十萬人的實況台，此時竟無任何一人發表言論。

等了好久，才有人發出第一條評論。

「原來……他是用餘生去懺悔，不是陰謀論。」

「唉……在副本裡待久了，神經緊繃得太厲害了，突然看到這些……不太適應。」

「有太多意外發生在他身上，如果他沒有答應孩子們，如果他沒有遇到江蘿，如果地震後孩子們的第一反應不是躲在桌子底下，如果……算了，沒有如果。」

「指導師，的確是指導師，為我們上了最後一課。」

指導師配得上最後系統給他的評語嗎？沒有人能給確定的答案。

一千個讀者眼中有一千個哈姆雷特。一千雙眼睛中有一千種景色。一千句評論中有一千個觀點。

換成其他人在他的處境之下，誰又能保證做得比他更好呢？

第八章　創造新世界

「網路世界」徹底崩塌。

一陣天旋地轉之後，言晃才終於睜開眼。

他發現自己是躺著的，身旁出現「滴滴滴」的聲響，整個世界的顏色是一片白，白得讓人心慌。

遠處有一座白色的城堡，地上是一排排帶著藍白色條紋的床，每一張床上都平躺著一個人，宛如病人一般。他們的臉上帶著歡愉的神情，每個人的頭上都乾乾淨淨，沒有標籤也沒有分數，手上被一條長長的線連接著，連接的最終方向是一個奇怪的儀器。

儀器上顯示人的心跳以及一個畫面，仔細看去，正是「網路世界」崩塌時的情況。

這就是「現實」世界嗎？

忽然，言晃聽見旁邊有人嚶嚶嗚嗚地哭出聲音，一看過去，原來是江蘿。她躺在床上，正一點一點擦自己的眼淚，小小的身體顫抖著。

言晃拔掉了自己手上的線，下了床赤著腳一步步走向江蘿。

「小蘿姐姐，還在哭啊？」

聽到這句話，她停止了哭泣，睜開眼睛盯著言晃，一雙漂亮的大眼睛被血絲包裹了大半，瑩潤的液體覆蓋在上面，反射出薄薄的一層水光。

「你再開我玩笑，我真的要生氣了。」但其實，她很感激言晃在這種時候用開玩笑的方式來轉移她的注意力。

言晃坐在她的床邊，笑了笑。「生氣就生氣吧，妳這個年紀的確該多生氣，才顯得有活力。」

江蘿已經不知道自己該哭還是該笑了，世上怎麼會有這種人啊。

「你怎麼這麼喜歡多管閒事？」

「有嗎？」

「有。」江蘿很確定，換了誰都不會管她這個爛攤子。

言晃想著也是，自己怎麼這麼多管閒事呢。或許因為將死之人都是這麼多愁善感吧，怕死，怕痛苦，怕到最後沒人記得自己。

「可能我運氣比較好，每次做好事都有不錯的回報。」

江蘿癟著嘴。「我才不信。」言晃拍了拍她的小腦袋。「愛信不信。」

他沒再多說，只是靜靜坐在江蘿的床上，等她平靜情緒。

沒多久，一雙小手便從後面抱住了他。女孩的聲音帶著顫抖，眼淚沾溼了他後背的衣服。「言晃……我能相信你嗎？我真的不想再被拋棄了……」

言晃長嘆一口氣，一隻手把江蘿的腦袋抓到前面來，低頭看著江蘿，告訴她：「我做飯不好吃，妳那麼挑剔，吃得慣嗎？」

江蘿破涕為笑，激動地抱住言晃。「可以叫外送，我不嫌棄！」

言晃哭笑不得。沒想到自己的羈絆這麼簡單就多了一條。

又是意外，又在意料之中。以後能多活一天就多活一天吧。

兩人整頓好情緒之後，目光便落在了這純白世界中遠處的高大城堡。

江蘿牽著言晃的衣角，斷定地說：「祂就在裡面。」

「嗯。」

他們下了床慢慢地走著，穿過無數人，最後走到城堡邊。城堡的大門向外敞開著，似乎在歡迎來客。兩人朝著裡面走了進去。

這是一座普通的城堡，但在踏進大門後，言晃和江蘿便發現路的兩邊是連成一排的囚牢。江蘿猛地抓緊了言晃的手，言晃拍了拍她的頭以示安撫，然後抬腳向右側的囚牢走去。他剛剛已注意到，每一個囚牢上方都有一個數字，而這個囚牢上方的數字，是「1」。

囚牢裡關的是一位老人，看來並沒有如「地獄」那般遭受折磨。老人眼巴巴地看著剛到的兩人，聲音滄桑：「竟然……又有人來了？回去吧……回去吧，祂不會見任何人的。」

言晃走過去問老人：「祂為什麼不見人？」

老人苦笑了一聲。「因為祂太害怕了……」

「祂在害怕什麼？」

老人不假思索地說：「你，我，他……」說完之後，又垂頭輕嘆：「祂害怕芸芸眾生，所以誰都不見。」

言晃又問：「如果我們一定要去看祂，有什麼辦法嗎？」

老人抿著唇，指著自己房間的「1」字問：「你們知道這是什麼意思嗎？」

言晃和江蘺不太懂。「還請解惑。」

老人便自言自語似地說：「我們都是從祂創造的『網路世界』中被篩選出來、擁有見到祂資格的人。祂有編輯程式代碼的能力，創造出無數個世界……但不管創造哪一個世界，最終人們都會走向一條惡劣的道路。

「祂觀察著人們的一舉一動，觀察著不同世界的發展。每一個世界，最後都成了以惡為上，以罪為榮的狀態，這讓祂對人們更加畏懼……是的，祂畏懼著人類。

「人類永遠都不會知道，他們嚮往的神，恐懼的神……會畏懼他們，畏懼到封閉自我，畏懼到只見每個世界脫穎而出的極少部分人。」

老人一邊說著，一邊又是苦笑，轉過頭望著城堡內部，搖了搖頭。

「這個1，指的是祂創造的第一個世界。我是脫穎而出的人，那時的祂並不像現在完全封閉了自我，祂是會與我們對話的。只是，我們並不純粹，我們心存惡念，祂害怕我們心中一直壓抑的惡念會又一次傷害祂。

「當祂見到祂所篩選出來的人竟全都存在惡念時，更加不敢面對了。

「到了最後……祂不願再見任何人，祂認為充滿惡意的世界無法誕生出純善之人，便將自己創造的世界又多了一個限制。

「一旦有可以見到祂資格的人出現，那麼世界將會重啟，脫穎而出之人便會被祂收集起來，成為祂建立理想世界的儲備範本。

「祂會一點一點灌入我們的範本與資訊到新的世界。只可惜，無論是誰的加入，世界都無法真正改變。」

說完，老人便一手指向旁邊的牆壁。牆壁上，若隱若現一道變化的光影。光影孕育著一個世界。

世界中，人們開始一步步甦醒，然後被植入晶片，開始進入神的選拔。

人們的腦海中有一個鐵律：只有真正的百分之人才能見到神，與神共享極樂。
於是……世界開始演變了。
演變的方向與之前的無數世界驚人地相似。
只要有思想的碰撞，利益的糾紛，以及高度自由的評論權。
總是都會走向腐敗。
必然會出現受害者。
受害者無一例外皆是悲慘的。
因為觀念的不同，受害者的一舉一動都被所謂的「主流」思想加上了一個惡劣的標籤。
最終死去。
「有惡……必然有所懲戒，神懼怕他們，也憎恨他們，於是當祂所認為的惡人，也就是標籤社會中的百分之人出現時，地獄也會隨之而來。」
那浮動的光影當中，出現了一個紅色的地獄。
地獄懲戒著那些「惡人」，以發洩神的心中憤懣。
「祂嚮往著一個被愛和善意包裹的世界，所以在一次又一次的失望中，仍舊孜孜不倦地創造新世界。祂一直在等祂想要的新世界形成，總是能夠包容世界的一切走向，順其自然不去干涉……然而地獄，是祂給自己的底線。」

祂無法忍受罪無可恕之人逍遙法外。如果世界不去懲戒，那祂便主動干涉。

「直到有人真正參透祂想要的是什麼，這個世界便會徹底崩塌。

「或許是我們這些篩選之人也不夠合格，讓祂開始慢慢失去耐心，在第一百個世界之後，連同通過篩選之人，也會隨之一起崩塌。」

老人一說完，面前的光影便一晃而崩，七零八碎。

「於是……新的世界形成了。」

世界重新組裝在一起。人們重新甦醒，又重新被植入了晶片。

再無數次的重蹈覆轍。

言晃與江蘿被面前的畫面震撼不已。他們經歷了那麼多……在神的眼中也不過只是一晃而已。

祂一直都在期待一個被愛與善包裹的世界誕生。可惜總是事與願違。

祂太執著了。這樣的事叫人心生惆悵。

言晃又問了一句：「祂只是看著，還是祂也參與其中？」

老人笑了笑。「祂捨不得錯過見證所期望的世界誕生的第一刻，一直都在。」

言晃笑了笑。「我明白了，還有什麼需要告訴我們的嗎？」

老人頓了頓，似乎沒想到這兩人知道了一切之後，還想要靠近祂。

「那就……替祂找到祂所期待的世界吧。」

「多謝，我知道該怎麼做了。」

言晃牽著江蘿的手，兩人朝著下一個囚牢走去。每間囚牢都關押著人，一個，或者好幾個。

神雖然不信任這些在見到祂之後產生惡念的人，卻也沒有讓這些人受折磨。只是把他們全都關押在這裡，好似要收集每一次「網路世界」脫穎而出的合格者，一起創造一個全新的，祂想要的世界。

同時又不敢面對他們的惡念。

一路上，每個人都在勸阻言晃和江蘿不要去，但兩人從未停下腳步。

他們很清楚，這些人被神拋棄的原因是誕生了惡念。這些人都對神心懷愧疚，但他們似乎都沒有意識到自己到底是如何誕生惡念的。如果問他們是否心生惡念，那他們的答案絕對是否定的。

言晃與江蘿是局中人，同時也是標籤社會的旁觀者。旁觀者清，他們很清楚知道一件事——只要是人，就不可能只有單純的善或是單純的惡，必然是矛盾的集合體，只是哪一方面表現得更為突出罷了。

所以，並不存在誕生惡念的說法。

只是當他們去見神的那一刻，那一直以來都被壓制著的惡念就被神看穿了。而敏感膽小又懦弱的神，見多了罪惡的標籤社會，不敢面對現實，害怕受到傷害。

終於，他們走到了空無一物的房間，面前有一扇巨大的門。這扇門，便是「神」所存在的大門。

一股極強大的力量包裹著這裡。

言晃本想推門而入，江蘿卻忽然抓緊了他的衣角。

「不要進去……會死。」

江蘿一雙漂亮的眼睛正閃過無數代碼，鮮血也開始從她的七竅流出。眼睛，鼻子，耳朵，嘴巴，皮膚，每一處都開始滲出血液，將原本漂亮的小人兒變成了一個可怕的血人兒，並且傷勢還在不斷擴散。

她緊緊抓住言晃的衣角，瘋狂搖頭。「不要進去……會死。」

言晃被面前的小血人嚇到了。「江蘿，妳……」

江蘿咬著牙，搭建精神橋樑告訴言晃：「還記得我怎麼知道我爸在地獄的嗎？是我的天賦……我能夠利用所有已知條件在腦海中建立全新的模型，然後控制意識做出不同的選擇進行推算，也就是根據已知條件推算未來。

「剛剛，我推算了上百次……我們是祂陷入狂暴之後唯二逃出跟著世界一起崩塌的命運的人，如果現在我們進去裡面，下場只有一個——死！

「相信我，別進去，不能進去……」

江蘺的雙眼都被血液浸染，將自己的天賦資訊與推算結果完全分享給言晃。

她沒有告訴言晃的是這個天賦的副作用——當她每一次推算未來時，如果結論是造成傷害，本體也會遭到百分之百的精神痛感回饋！也就是說，她現在的精神痛感回饋，已經足以讓她死上百次了！

她全身都痛得要散開，尤其是腦袋……快要炸裂。

如果不是因為「智力」屬性足夠高，她完全有可能因為精神崩潰而死在當場！

在她的上百次推算中……甚至還沒能見到副本的神的真容，就已經被強大的能量給殺死。

她不能讓言晃去冒這個險。

她加大了手上的力度，從未像現在這般冷靜。「言晃，我爸爸不是給了你『背棄之人的眼淚』嗎？用了吧……這個副本，過不去的。」

還好她提前計算，否則後果不堪設想。

「這個副本，已經是個死本了。」江蘺的口氣幾乎是絕望的。

言晃明白死本是什麼意思。

玩家進入副本是透過強烈的欲望而來的，而副本本身的產生，同樣是神透過一些強烈的願望形成。當一個副本裡的「神」開始動搖自己的「願望」之時，副本也會被影響，隨之發生改變。

這種改變是不可控的，很多情況下都會讓一個副本變為死本。

活人成為玩家，死者……成為副本的核心。死本的意思便是——無法正常通關的副本。

一般情況下，玩家很難知道哪個副本是死本，但有些特殊的天賦能夠探測出來，比如江蘿的推算。在她幾乎掌握了這個副本的所有資訊之後，便能夠推算出來。

如今在大量的推算之後，江蘿徹底失去繼續戰鬥的能力，整個人因為副作用渾身無力地倒在地上。她的瞳孔都在渙散，意識也快要在上百次死亡回饋後消逝，雙眸痛楚地擠出眼淚，用盡自己最後的力氣抓住言晃。

她也不甘心都拚到了這個程度，最後發現這個副本竟然是一個死本！她的爸爸還犧牲了，他們都走到最後一步了。

她怎麼能甘心?!可是不甘心又能如何？

死本就是死本……只能當作自己從來沒有來過這個副本，只能讓一切的犧牲顯得毫無意義……

江蘿咬著牙，情緒在此時更加控制不住。「言晃……你走，我不要你了。」她的聲音帶著哭腔，脆弱而卑微。反正爸爸死了，她跟著一起死掉也無所謂。如果可以讓言晃活下去，她願意用自己的死換他活。

在江蘿的注視之下，言晃拿出了「背棄之人的眼淚」。

江蘿終於放下心來，或許這就是最好的結果。她的生命本來就該在十年前終止才對，能活到現在，她已經很感激。

然而，下一秒，言晃在商城買了一條項鍊，將「背棄之人的眼淚」鑲嵌其中，蹲下來為江蘿戴上。

江蘿愕然地想要抵抗，但她現在跟癱瘓了沒兩樣，完全動彈不得！

「你瘋了?!」她近乎失聲。

言晃輕笑了一下。「這東西我不要，留給妳做紀念就好。畢竟妳爸可是把他所有道具都送給我了，等我通關之後就能拿到，不缺。」

江蘿實在是不懂，這人明明那麼貪生怕死，怎麼在這種節骨眼如此執拗。

「我都說了這是死本！死本是沒辦法正常通關的！你聽得懂嗎？」

言晃的內心毫無波動，笑著告訴她：「妳知道欺詐者的含義是什麼嗎？」

江蘿沒有回應。

「是化腐朽為神奇。」

最不可能發生的事，才是欺詐者要去讓它發生的事。

「都走到這一步了，怎麼能輕易退出？」

江蘿一愣，又咬著下唇，雙眼水霧朦朧，盯著言晃。「我推算了上百次，都是同樣的結果……」

「但每一個判斷和動作，都是一次全新的機率，在成千上萬的可能性中，一百次算什麼？」

江蘿要被言晃氣炸了，這人怎麼這種時候開始油嘴滑舌！

偏偏現在言晃如果執意要去，她的身體狀態也不允許她阻止。

「言晃……你一定要找死嗎？」

言晃沒有回答，只是站起身緩緩走向大門，將雙手放在大門上面，準備推開。

江蘿用盡全身力氣尖叫。「你死了我就用了眼淚逃出副本！我要在你的墓上跳舞！我要讓你連死了都不能安寧！你不准進去……不准死，你死了……我怎麼辦？沒有人會陪著我了，言晃……」

言晃仍舊不為所動。江蘿更加焦急，精神橋樑都開始混亂。

「你一定要進去那就先聽我把這一百種可能性全都說出來，你先避開這一百種死亡結果！」

言晃並沒有給她這個機會，只是說了一句：「不必了，無知者無畏。」

說完，他便推開了面前的大門。

狂暴的黑色能量如鋒利的刀刃一般亂舞，朝著他正面襲擊而來！

「言晃——」

江蘿撕心裂肺大叫，眼睜睜看著言晃被那恐怖的能量吞噬。

就在這個時候，意想不到的事情發生了！

蒲公英的飛絮頓然在言晃的背後舞起，如同天使展翼一般，全然的白光將他整個人包裹。那絕美的虛影宛如夢幻，將面前的能量亂流抵禦卸掉，一個男孩子半透明的身子張開雙臂，在半空中擁抱著言晃。

他不曾睜開眼睛，雙翅卻將言晃庇護其中。

——玩家欺詐者觸動被動道具「謝扶沐的守護」，短時間內進入無敵時間，免疫致命傷。

男人在完全漆黑的世界中，是唯一的一道光芒。

這個畫面讓江蘺目光呆滯，微微張開嘴唇，瞳孔顫動。她超級電腦般的大腦將面前的畫面牢牢印刻——這竟是她沒有推算出的新可能。

言晃在這亂流之中，終於找到了這個副本的神。

那是一個蹲在角落之中，抱著自己的女孩。

她穿著一件簡簡單單的小白裙，雙腳赤裸，被無數標籤與枷鎖鎖定，依偎在角落之中，蜷曲著發抖。

她的面前，是世界無數次的重啟與毀滅。

她的眼中，是一次又一次失望帶來的絕望。

她發現了言晃，眼圈發紅，握緊雙手。「我記得你……」

少女格外嬌俏，她身上是無數人的影子。

所有受害者的影子。那位母親，那個孩子……一路上見到所有被欺壓的人。

其中，那雙眼睛……與溫舒無異。同樣絕望，同樣期望。

當她問出這句話的時候，言晃就肯定了一切。

這位膽小的神祇，一直都是個勇敢的人。

她無數次以弱小的身分進入屬於自己的世界。或者說，她無數次將自己所遭遇到的一切融合在一個世界當中重演無數次。所以，真正的她，才懼憚一切的惡意。因為傷痕累累，所以更加敏感。

言晃的雙手握著兩塊晶片，走到她的面前蹲下。「我來歸還屬於妳的東西。」

少女的身體微微一顫，緊緊盯著言晃。

言晃依舊溫和地笑著。「看來需要我幫妳一下。」

說著，他便將「公主的晶片」放到少女的後頸，輕輕一貼，屬於她的純善之心，物歸原主。少女渾身的氣質霎時間柔和許多，那種浸入骨子裡的絕望孤獨感也開始慢慢消退。

言晃繼續將「惡魔的晶片」放在她的後頸。這份她給自己設下的底線，也隨之一起回歸。

那惡魔走出少女的畫面，除了象徵著「地獄」的形成，同樣也象徵著少女作為一個「受害者」誕生了反抗意識。

那是她純善之心的底線。兩塊晶片，原本就是屬於她的。

「公主」與「惡魔」，都是她的化身。

一個是備受迫害的她。

一個是自我保護的她。

讓她陷入狂暴的並非絕望，而是她發現一個殘酷的真相——在純善之心迷失之後，就連她自己也誕生了惡念。

當迷失在自己所創造世界的兩份情感回歸之時，周圍的一切能量亂流也全都平息下來，少女身上的枷鎖也開始破碎。

「唐鑫的新書」在此刻更新。

標籤之神——溫舒

力量：未知

敏捷：未知

智力：未知

介紹：我曾無數次受到傷害，也曾無數次舔舐傷口，只要惡意還在，傷害便源源不斷……於是，我創造了成千上萬個世界……在混亂又狂暴的秩序中迷失自我。原來，精神不滅即惡念不滅，就連我自己也不能倖免。我痛恨世界，痛恨所有人，痛恨自己……這樣的我，如何去見世人？

當兩塊承載著真相的晶片回歸時，溫舒眼中，有眼淚不斷地打轉。

「對不起……我只是想要找到一個沒有傷害、沒有痛苦的永恆世界而已。我以為人們只要互相督促，擁有標籤，便會趨利避害，卻沒想到無論多少次演變，無論有多少種過程，結果都是一樣。

「在我的意識中誕生出惡魔時，我就已經知道了……自己所追求的世界根本不存在。就算真的有，擁有惡意的我，又如何去追求那樣的世界？」

言晃蹲下來，耐心地對她說：「的確不會存在。妳也發現連妳自己都會存在惡念，誕生出以暴制暴的念頭，是人……都會有惡念的。」

溫舒咬著牙，非常不甘心，卻感覺到自己的願望動搖著。

「妳有沒有想過，誕生出惡念並不是丟臉或難以控制的事，只需要保住一絲底線，壞事便不會發生得那麼徹底？」

溫舒疑惑又懵懂地問：「底線？」

言晃笑著。「是的，底線。無論是善良還是邪惡，都需要保住屬於自己的底線。當妳誕生惡魔意念之後，地獄的形成會讓極惡之人受到管控，標籤社會中便不會堆積極惡之人。若妳拉高這層底線到一個彼此制衡的地步呢？」

說著，言晃站起身來，拉著溫舒的手，走到房間另一端控制著新世界的誕生與規則的一面牆。

這面牆，只有溫舒能夠操作。

言晃拉著溫舒的手放在牆上。「現在，來一次大膽的嘗試。我會讓妳看見，妳所追求的世界，真的存在。」

話音落下，言晃便握著溫舒的手，引著她改變新世界的規則。

他抹去了「百分之人可見神」這誘人的規則，寫下了一道全新的鐵律：

「善惡有度，法律至上。法律之下，眾生平等。」

旋即，新世界形成了。那巨大的光球將整個房間包裹其中，光芒將言晃和溫舒的臉全然照耀。

在這個全新的標籤社會之中。人們根據鐵律創造了法律。法律由全新的標籤社會下的所有人一起制定。而所謂的法律，便是每個人為世界提供、屬於自己的——底線！

法律是約束，約束的僅是人們所能承受的最低道德標準。

然而儘管只是最低的道德標準，也讓溫舒看見了一個從未見過的景象。

在這個世界中，人人守責，和睦共處。即便心中並不完全純善，但所表現出來的一舉一動，卻完美地達到了她心中想要的樣子。

人們不敢再肆意評論，甚至害怕評論帶來反噬，而拒絕使用「人生直播」。

因為，在人們的道德底線之中，始終有一條是——

胡言亂語、作奸犯科之輩，必墜入地獄。

「原來，讓『網路世界』得以安定的，是底線……是法律。」

她萬萬沒想到，最終的突破點竟然如此簡單。

「人們的確會趨利避害，前提是要讓人們意識到危機。最好的方式不是給予能夠帶來隨意愉悅心情的權力，而是讓人們三思而後行，被彼此的底線所牽制。」

「謝謝你……告訴我答案。」溫舒俯下身，抱住這方小世界，臉上露出滿足又感激的笑容。「標籤社會，終止於此。」

她的目光落在言晃那殘缺的手上，又看了一眼門外已經倒地不起的江蘿。

「我會為你們獻上我最後一份謝禮。」

她的話一說完，周圍的世界轟然碎裂。純白的空間裡，只剩言晃與江蘿兩人。

恭喜玩家「欺詐者——言晃」、「計算師——江蘿」成功創造「新世界」通關標籤社會TE線！

實況關閉，現在進行結算——

實況總人數：114792人。最高線上人數：83143人。實況總留存：73%。實況好評率：95%。

最高推薦：E級副本一級推——E級優秀，首頁二級推——反轉時刻。

副本難度：E。副本探索度：95%。副本完成度：100%

副本表現力：S

綜合評價：SS！

獎勵：積分×50000，E+級道具「幻想模擬器」，肉體強化「神之左手」，稱號「標籤破碎者」。

剩餘總積分：127380分。

——道具：幻象模擬器。

——品質：E+

——作用：展開想像，編輯幻象！

——道具介紹：標籤社會的神曾無數次想要創造出一個完美的世界，可惜年幼的她始終不能得其所願，當你成功編輯她的幻象社會時，她便決定將幻想編輯器交給更加能夠善用的人！

——友情提醒：使用道具過度，會迷失在幻象之中。

——道具：肉體強化：神之左手

——品質：E

——作用：力量＋1，靈巧度＋1，幸運＋1

——道具介紹：為了表示對你的感謝和歉意，標籤社會的「神」選擇贈送你一隻左手。

——稱號：標籤破碎者

——品質：E

——作用：規則免疫＋10%，智慧＋0.5

——稱號介紹：作為標籤社會中第307支挑戰隊伍，你們成功運用了規則與智慧，打破了標籤社會中的一切，創造出美好的新世界。你們的榮譽永遠將被「網路世界」中的網民紀念！

通關者「欺詐者——言晃」、「計算師——江蘺」是否對標籤社會題下通關寄語？通關寄語將顯示在標籤社會副本挑選口，以供其他玩家觀看。

又到了熟悉的寄語環節。

言晃看著面前彈出的面板，腦海裡忽然浮現出許多在標籤社會中遭受荼毒之人。被丈夫出賣的孕婦、毫無底線給予善念的溫舒，以及……最終選擇葬身於此，受了十年折磨的江毅。

言晃毫不猶豫地打上那句堵在心口的通關寄語。

遊戲大廳之中，標籤社會這個存在許久的副本通道徹底封鎖。

TE通關者：欺詐者——言晃，計算師——江蘺。

綜合評價：SS

通關寄語：走自己的路，無視別人怎麼說吧。

在標籤社會完全封鎖之後，一系列道具也進入言晃的背包之中。

「恭喜玩家成功通關，請問您是要回到現實，還是回到遊戲大廳呢？」

言晃並沒有急著做出選擇，反而走到了江蘿的旁邊。此時的江蘿已經被治癒，雖然還在流鼻血，臉上的傷口也還在，但已無傷大雅。

她呆呆地看著他，不敢置信地張了張嘴。「你……你是第一個，打破我計算結果的人。」

言晃笑了笑。

「我不是說了嗎？欺詐者，就是化腐朽為神奇的存在。」

江蘿也跟著一起笑了起來。

「你剛剛給神說的底線……有點耳熟？」

言晃想了想，他的確說過。在進入副本的時候。

「好了，接下來，妳是想回遊戲大廳還是回家？」言晃似是不經意地問。

江蘿臉上的笑容一僵，又低下了頭。言晃無奈，也沒有催促她，只是靜靜站在她身側。

「我……想回去。」她咬咬唇，低低地說。

「行啊，那我們就回家。」

兩人相視一笑，江蘿的臉上又出現了一抹不好意思的神情，低著頭，極為小聲地問：「言晃，回到現實之後，我能不能拜託你一件事？」

「底線之上，都行。」

江蘿磨磨蹭蹭地紅著臉，兩隻小手在自己身前戳了戳，然後神祕兮兮趴在言晃耳邊說：「你明天下午能不能來帝都實驗小學接我？我……我才不是想要人接我回家喔！」

副本世界的回饋2

週五下午，帝都實驗小學的放學鈴聲敲響前。

江蘿第一次上課出神地看向窗外。烏雲密布，一層壓著一層，讓氣壓顯得格外低沉。

她心中忐忑不安，又看向桌上因為焦慮和緊張而寫滿了「會」與「不會」的本子。

她咬著牙關，幾乎難以呼吸。從幼稚園開始，從來沒有人會接送她上學……她一直都是一個人孤零零的，只能看著別人都有人接送。

因為，爸爸害怕他的身分對她造成不必要的麻煩，所以只敢偷偷跟在遠處。她也曾想任性地要求爸爸正大光明接送她，可是每當看見爸爸憔悴又疲憊的臉時，話就說不出口。

現在爸爸已經……

她無法挽回，也無法再說什麼。

她一直都知道爸爸活得很痛苦，那種結局對他而言其實更像是解脫。雖然她心裡很難接受這樣的事實，但絕對不能表露出來。

她要做一個乖小孩，一個不會給人添麻煩的小孩，這樣才不會被人拋棄。

老師似乎是發現了江蘿的表情不對，又想到今早接到她的老同事江毅病逝的消息，心裡也是難過，想必江蘿更不好受。

「江蘿，是不是身體不舒服？需要陪妳去醫務室嗎？」老師面露擔憂。

江蘿猶豫片刻之後，還是點點頭。「我自己去就好，不麻煩老師了。」

老師還想說什麼，但沒說出口，她知道江蘿很倔強，越是這種時候越不能多說什麼，就讓她一個人靜靜吧。

江蘿背了書包，沒有離開校區，而是靜靜站在校門口凝視遠方。她甚至想要使用自己的天賦推算她等的人會不會來。但言晃說過「無知者無畏」，於是她繼續乖巧地等著。

忽然，冰涼的雨水打在她臉上，她忍不住低下頭，不安的情緒越發濃烈。

直到一道修長的身影出現在她面前，一把傘為她擋住了雨滴。

「怎麼這麼早就出來了？我還想給妳一個驚喜，讓妳第一個被接走呢。」

江蘿抖了抖，突然蹲下，把臉埋進膝蓋裡。

言晃一怔，正要蹲下問問她怎麼了。

還沒等他蹲下，江蘿便一抖一抖地哭了出來，抬起頭看他，眼圈微紅，左手右手輪流擦去掉下的眼淚，又笑又哭，心裡的情緒再難壓抑。「我怕你不來了呢。我還以為……

我又要一個人……一個人幫爸爸尋找安身之所了……」

言晃將傘向她那邊傾了傾，伸手將她拉起來，確保她整個人都在傘下，拍了拍她的後背說：「走吧，我都準備好了。」

江蘿輕輕「嗯」了一聲。

江蘿與言晃到達墓園之後，江蘿便把在書包裡藏了一個早上的盒子拿了出來。

言晃捧著一大束花，一共五十八朵，跟著江蘿一起每經過一座墓，就抽出一朵玫瑰，將花在盒子放一下，再放到墓前，然後江蘿便虔誠膜拜。

江蘿說：「爸爸活著的時候一直都覺得自己無顏面對這些孩子，所以每次送花都是讓我替他送。其實從某一方面來說，我的命是踩在他們五十七個人身上換回來的，我也應該向他們祭拜。但我也很自私地想過，如果爸爸選擇不救我，死的就是我了，為什麼我這個被拋棄的人就該去死？現在我想明白了。人要往前看，爸爸是個很懦弱的人，我不能懦弱，我必須堅強。所有人都死了，我不能作繭自縛。我沒有害死他們，但我身上承載著他們的生命，我必須活下去，活得比誰都好，不只是為了自己而活，也要為他們而活，不能浪費能夠活下去的機會。」

言晃手上只剩下最後一朵花。

在那五十七位學生的墓旁邊，有一塊小小的空地，被挖了一塊小小的地方。

江蘿決定不立墓碑，也不立其他的標示，只要把他葬在這些孩子們的身邊就好。

江蘿輕輕吻了一下盒子，一滴眼淚落在上面。

「再見了爸爸……以後，我會保護好自己，言晃也會保護好我的。」

說完，她便跪著將盒子放在空地裡，一點一點地用土壤埋好，一邊埋，一邊掉淚。

當盒子徹底被土壤掩蓋，再也看不見半點邊角之時，江蘿重重磕了三個頭，將所有悲傷藏在眼底，擠出一個笑容。「言晃，把花給我吧。」

言晃將花遞給了她。她小心翼翼地把花放在旁邊。那是最特殊的一朵花，是她的私心。

一株向日葵。

「以後，你要好好保護好他們。」

言晃帶著江蘿處理完江毅的後事，整個人輕鬆了不少，笑笑地看著江蘿說：「今天在外面吃？」

「好！」

「想吃什麼？」言晃一邊走，一邊拿出手機。

「想吃……」江蘿一下子還真想不出來。「你等我想想！」

「好，要不然在手機上搜尋一下？」

江蘿接過手機，突然看到手機上跳出一條新聞連結，她下意識掃了一眼標題，好奇地點了進去。

突然，她眼睛一亮。「言晃，你看！」

有關部門收到熱心市民言先生投書「網路暴力法案建議文」，經國民大會多次審議，最終宣告《網路保護法》法案正式生效，具體法案如下：

為建設良好的網路環境，請各位遵紀守法……網路暴力性質等同或不亞於社會性人格霸凌，凡嚴重觸犯《網路保護法》者，必究責任，必受重罰！

言晃看到這條新聞微微一愣，旋即一笑。

料。

原來，願望能有那麼大的力量。他們果然被紀念下來了，只是這個方式有點出乎意

「我們真是太棒了！」江蘿捧著手機，又細細看了起來。

言晃也不催她，只是有些無聊地倚在牆上，眼睛半瞇地看著上方。此時，一隻漂亮的橙色斑點蝴蝶從他眼前飛過，言晃的視線不自覺地追隨著牠，看著牠越飛越高，越飛越高，直到飛到一處二層樓的樓頂，然後被一個穿著藍白條紋衣的男人伸手一把抓住。

言晃下意識掃了一眼抓住蝴蝶的男人，立刻面色一凜，眉頭微蹙。

那人低頭看著手中的蝴蝶，似是察覺到了什麼，低下頭，和言晃的目光對上。

兩人不約而同地瞇起眼睛，無聲對峙起來。

言晃對這個人再熟悉不過，是「醫生」。

「醫生」看到了言晃之後，並沒有那種祕密被窺視之後的惱羞成怒，而是一如既往地露出笑容，笑得快看不見眼睛，對著言晃招手。

接著，他雙手捏住兩隻殘破的蝴蝶翅膀，朝著言晃那邊拱了拱，嘴角歡悅地翹起，再挑釁般將這隻蝴蝶的翅膀再一次撕碎！

那是一對有著極為漂亮花色的眼型圖案蝶翼，在言晃面前徹底粉身碎骨，被丟下高樓。

隨著「醫生」嘴唇的一張一合，他的臉色也逐漸冷了下來，凝視著言晃。

言晃懂唇語，再加上進入兩次副本後身體素質大幅提升，現在完全能夠看清他在說什麼。「下一次……我會撕碎你。」

他呼吸稍微加重了一下，也勾著唇回應：「那就看你能不能抓住我的翅膀了。」

醫生這個人很恐怖，恐怖的並不是他的數值或那未知全貌的能力有多強——而是他的行為邏輯。他的行為邏輯幾乎打破了言晃對百態眾生的認知，甚至沒辦法去理解「醫生」的腦袋神經迴路。如果現在貿然對上「醫生」的話，很容易進入判斷錯誤區，言晃也沒有絕對的信心能贏。

而輸給「醫生」的話，下場將有如那隻蝴蝶。那的確是弱者遇上毫無憐憫之心強者的唯一下場。

兩人眼神一陣交鋒之後，一位看護對著「醫生」喊：「零七，你又跑哪兒去了，該吃飯了！」

「醫生」無奈地聳了聳肩，轉身離開。

言晃瞇眼看著走掉的林七，目光落在小樓大門處的牌子——燕市精神重症醫院。

一旁的江蘺自然注意到了一切，提醒他：「需要我整理關於醫生的資料嗎？他的實力很強，而且手段張揚，明顯針對你，想要贏他，現在你的機率不超過百分之三十，最好還是回去看看他的戰力資訊比較好。」

言晃應了一聲好，兩人便慢慢朝著家裡走回去。路上，江蘿一直都保持著沉默，讓自己靜下心來思考，她有種不好的預感……

第二天吃過早飯後，言晃繼續看林七的資料，突然想到什麼，轉頭望向正在玩遊戲的江蘿。「小蘿，我看資料的時候發現，醫生通關的三個副本竟然全都是TE線。」

聽到這話，江蘿漂亮的小臉明顯露出了不屑，連遊戲都不打了。「他能通過TE線，靠的是副本最強公會塔羅。」

「塔羅？」言晃回想了一下。「我記得妳說過，醫生好像是塔羅的重要栽培對象。」

「沒錯。」江蘿認真向言晃講解起塔羅的由來和在副本中的地位。

誰也無法解釋副本的存在，但是唯一知道的是，副本的難度解鎖需要很多條件。

一開始的副本只有F級的新手副本，而F級又被分成三個層次，分別是F－、F和F＋，只有全部通關後，才能解鎖副本的新級別——E級。

但是剛開始，必須從F－的副本開始，直到有人通關F－級的某一個副本之後，才能成功解鎖全部F級，而通關F級某一個副本的TE線後，才能全部解鎖F+，然後慢慢地一層一層向上解鎖。

「也就是說，只要一個層級中有一個副本被破，那麼下一個層級的副本就會被全部解鎖。」言晃摸著下巴說。

「對，這也算是副本比較人性化的一點。」

言晃點頭，要是一層層全部打通才能解鎖下一個級別，那不知道要等到何年何月何日了。「我明白了，繼續。」

在塔羅出現之前，因為TE線的特殊性，所以解鎖新副本的進展十分緩慢。

直到公會塔羅的成立。

塔羅身為副本第一大勢力，一直都是打著「追溯本源」的宗旨，認為副本與「本源」有關聯，要不斷解鎖才能到達更高層級。

一般情況下，TE線是要徹底完成單一副本中的「神」的心願，讓「神」消散、封鎖副本之後才算數，否則副本只會無數次重啟。

但這種解鎖方式實在是太慢了。

塔羅掌握著一種特殊的「道具」，能夠直接通過「弒神」，或者造成毀滅性打擊的手段破壞副本，令副本無法重啟、被迫封鎖。這種方式雖然不會讓「神」的心願得到實現，但是會被副本承認為TE線。而塔羅便是利用這種力量，迅速解鎖副本等級，讓原本最高等級D，在短時間內直接衝到A。

若不是A級副本實在太過恐怖，就連塔羅的頂級戰力都無法通過，恐怕早已解鎖到S級。

而S級，被塔羅認為是「終極」。塔羅認為只要走入S級副本，便能得到他們想要的答案。

江蘿說到這兒喝了口水，認真地說：「塔羅之所以培養醫生，就是覺得醫生是最有希望闖過A級副本的人。若是醫生想要對付你，塔羅絕對會幫他，我們勢單力薄，根本不是醫生的對手。所以，必須轉守為攻，主動出擊！現在，醫生的總積分是八萬，我們必須拿下一個E－級副本，你的積分才會和醫生一樣。塔羅雖然在副本裡很強悍，但是副本規則有絕對的公平，只要你的綜合評價比他高，就一定會成為新人王！」

言晃從江蘿的一席話已經明白醫生背後是一個什麼樣的組織。「我知道了。」

後來他認認真真地連著看了兩天，終於把醫生的相關資料全部看完。

「不得不說，醫生這個人確實厲害。」言晃癱坐在沙發上。「夠瘋！」

江蘿認同地點頭。「要不是因為你，我是絕對絕對不會和這樣的人打交道。」

「我也不想和他打交道啊！」言晃大嘆了口氣。

「自求多福吧。」江蘿眼裡帶著同情。

兩個人又聊了幾句，他正打算再看一下醫生的資料時，敲門聲突然響起。江蘿被嚇了一跳，看向言晃。言晃搖搖頭，站起身向門口走去。

這種時候突然找他，會是誰？

言晃謹慎地從貓眼看了一眼，發現對方帽子壓得很低，看不清臉，只能夠依稀看見嘴角是輕輕揚起的，衣服上有一個慈善會的logo——除了乞丐我們誰都幫慈善會。

這幼稚的名字，讓言晃立刻就知道了來者何人。

他打開門，門口的那位女孩便綻放燦爛笑容。「您好言先生！恭喜您被選中，成為我們『除了乞丐我們誰都幫慈善會』的贊助對象，這是會長給您的一封信，請簽收！」

言晃哭笑不得，伸手將信拿好，點點頭。「謝謝。」

他說完，面前的女孩便迅速回應：「好的，我的任務已經完成，感謝您的積極配合，希望您生活中的每天每夜都愉快，或許以後我們不會再見，所以我想對您說——早安，午安，晚安，很高興為您服務！」她急匆匆說完，迅速轉身朝外跑去。

言晃的家是大樓，她彷彿不必喘氣般一溜煙跑到樓下，生怕自己被抓住，最後回望了一下，見沒人追來，才鬆了一口氣。

她一手捏著帽沿，將帽子壓得更低一些，嘴角勾起滿足的弧度，雙手緊緊放在胸前，緩和自己激動的情緒。「以及……你要永遠溫柔下去。」

一陣清風揚起少女落在腰間的髮絲，她的身影緩緩消失，彷彿從來沒存在過。

江蘿不快不慢地走了過來，一隻手戳了戳言晃的腰，臉上露出幾分賊兮兮的笑容。

「人氣真高啊，快看看人家寫了什麼給你。」

言晃舒展了眉眼，嘴角翹起。「也沒什麼，自己看。」

他將那封信遞給江蘿。江蘿也看清了上面的內容。

「我將永遠走我自己所堅定的路，也會加上底線限制我自己，我的底線就是……絕對不幫助壞乞丐！！」

稚嫩又童真的一句話，其中卻包含了許多故事。至於這世界上有沒有「除了乞丐我誰都幫慈善會」，誰知道呢？

江蘿默默舉手。「還真有呢。」說完拿出自己手機，遞給言晃看。

的確有這樣一個慈善會，成立於今日，會中只有一人——會長「舒溫」。

言晃與江蘿兩人接下來在現實中的生活簡單又自在，因為積分足夠，能夠換取足夠的錢財，所以言晃並沒有選擇回到自己的工作崗位，而是提前過起了退休生活。

除了接送江蘿上下學之外，他沒事就約朋友一起釣釣魚，打打遊戲，偶爾在晚上拿著林七的副本實況看一看，也更加了解對方一些。

其實也不怪他沒有上進心，畢竟在副本裡非生即死的，誰也不知道自己能不能看到明天的太陽，所以還是抓緊時間好好過日子，讓自己的人生盡量圓滿一些。

但這樣的生活也才不到兩天。

因為第一百期「新人王」的結算日期逼近了。

遊戲大廳：意外的隊友

言晃和江蘿按時進入副本，雙腳剛剛踏到遊戲大廳的地板上，一道廣播在大廳中響起——「第一百期新人王候選人『欺詐者』已上線。」

熟悉的提示音，熟悉的萬眾矚目，熟悉的被人們瘋狂討論。

言晃面色平靜，只不過奔向副本挑選區的腳步快了幾分。

「哎呀，你走那麼快幹嘛？」江蘿面露不解，卻還是乖乖跟在言晃身後，嘴裡不停地碎唸：「想當初，這提示音我也有呢。等等，你不會是害羞了吧？嘖，不會吧？這多有面子啊！」

言晃要笑不笑地掃了眼江蘿。「妳快點，沒意外的話，醫生應該快到了。」

因為江蘿給的資料過於詳細，言晃很輕易地便得知醫生是個十分浮誇的人——他從不隱藏自己在副本中獲得了什麼道具，就連那些能夠隱藏起來的結算道具，他也隨意地展露出來，毫不掩飾。

也因此，言晃知道他有一個名為「追查器」的道具，能夠鎖定某一人的即時資訊。

比如現在，言晃感覺自己的後背突然傳來一陣涼意，接著廣播聲再次響起——

萬眾矚目！無限期待！第一百期新人王候選人「醫生」已上線！

言晃微微側身，直接躲過了醫生林七的攻擊，再迅速後退幾步，拉開了和醫生的距離，心裡忍不住再次感謝江蘿給的資料。因為這些資料，讓他某個程度上已經摸清了醫生的天賦資訊和攻擊方式。

醫生的天賦似乎是和「改造」有關，他不僅可以將自己的手指在攻擊時變為鋒利的骨刀，甚至可以直接改造生命。

「改造生命」這一點是他們第一次對峙時，言晃暴露了醫生的面板後發現的，江蘿的資料中並沒有相關紀錄。

醫生唇角勾起，一個旋身又撲向言晃。言晃卻沒有繼續後退，反而空手迎了上去，醫生表情詫異，動作明顯停了一下，也是在這一瞬間，言晃直接一滑，來到了醫生身後，右手同時召出「家庭和睦之刀」，刀尖直接對準了醫生的脖子。

醫生動作停住，愣然地眨了眨眼，眼中帶著顯而易見的意外。「在遊戲大廳攻擊我，你不怕被系統懲罰嗎？」

言晃笑著說：「你又沒有受傷，怎麼算是被攻擊呢？」

醫生沉默。確實，言晃的刀只是貼在他的脖子，並沒有砍傷他，所以系統不會判定言晃違規，或者說，只要不是重大傷害，系統一般都不會判定違規。不過，他真沒有想到，言晃會用這樣的方式來對付他。

「你很不錯。」醫生的語氣帶著幾分欣賞。「我就知道你會成為我最大的對手，因為我們本質上是同一種人呢。」

言晃眼睛瞇了起來，還未回話，一旁的江蘿先怒了。

「胡說八道！言晃和你才不是同一種人！」

「是嗎？」醫生意味不明地說。

言晃注意到醫生的脖頸處開始發生變化，目光一寒，對著江蘿喊：「小蘿，閃開！」同時直接出手劃了一刀，然後飛速後退。

這個男人的肉體強化可謂到了一種境界，即便言晃經過「孵化」，身體有了改變，但還是比不上醫生。就像現在，他用了八分力氣，卻只在醫生的脖子留下了一道淺淺的傷痕。

周圍的人只覺得氣壓都變低了，然後默不作聲地齊齊往後退，讓出了兩人的位置，卻又捨不得離開，偷偷打量著兩人，心裡恨不得他們快點打起來。

作為第一百期新人王候選的最強競爭者，他們的對決一定很精彩。

醫生聳了聳肩，轉了轉脖子，轉頭看向言晃，突然問：「你今天是不是要進副本？」

言晃一愣，沒有回答。

醫生也不需要他的回答，繼續說：「讓我猜猜……你下一個會選擇E－級的副本，對不對？」

直覺告訴他，醫生說這話絕對有目的。

言晃不再保持沉默，蹙眉問：「你要做什麼？」

醫生看了一眼他身邊的江蘿，然後伸出手指指著自己。「與其帶孩子，不如帶我吧！我很好帶，從進入副本至今，我的勝率是百分之百，要不要試一試？」

言晃伸手壓下炸毛的江蘿，冷嗤一聲：「好意心領了，不過，我不想跟你有太多關係。」

「太傷心了！」醫生裝模作樣地嘆了口氣。「可是，就算你這麼說，我也一定要跟你進入同一個副本喲。」

「你覺得我會給你這個機會？」

「明明我們可以成為好朋友的。」醫生盯著他，眼裡閃爍著莫名的光芒。

言晃覺得今天的醫生可能不太正常，決定不再理他，習慣性地將手放在江蘿腦袋上，準備帶她去挑選副本。

結果卻落了空。

言晃扭頭一看，發現江蘿坐在不遠處，雙腿盤著，手裡正捏著一根比她的臉還大的棒棒糖吃著。

在收到言晃的目光後，江蘿眨了眨眼，不解地問：「怎麼了？」

言晃無奈地說：「沒事，我們走吧。」

「哦。」她站起身，將棒棒糖收回背包，跟著言晃離開了眾人的視野。

江蘿的棒棒糖是道具，全名是「舔一口就會變幸福的棒棒糖」，作用是恢復精神，只不過效果比較慢，但勝在味道不錯，並且是永久不消耗的道具。

她的天賦對精神消耗巨大，能有這麼一個道具在身邊確實不錯，沒事就拿出來舔舔，恢復恢復精力。

醫生雖然被拒絕，但也毫不在意，直接跟了上去，順便拿出塔羅的專屬通訊器，聯繫了一下自己的隊友。

「林娜，陪我下副本啦。」

正在現實中拍戲的林娜因狀態不錯而開心笑著，在收到這個消息後，笑容頓時消失，一天的好心情就此結束。

「不去。」

「可是，如果妳不來的話，欺詐者就要搶走我的新人王了！」

林娜看到這個訊息，煩躁地「嘖」了一聲，二話不說就從劇組請假離開。

林七這個瘋子實在太清楚怎麼威脅人了。塔羅給她的任務是看好林七，另一層意思是讓她輔助林七獲得新人王，如果林七這次錯失了新人王，上層絕對會動怒，而承受怒火的對象，必然不會是他。

林娜很快就上線了。

林七開心地看著她。「今天的林娜也很美啊！」

林娜懶得理他。「廢話少說，他們人呢？」

「真無情！」林七語氣滿是傷心，表情裡卻看不見半分，更多的還是那份戲謔。「他們已經過去五分鐘了，大概已經選好了副本。」

林娜覺得好笑。「那你還在這傻等？」

「因為我在等林娜啊！」林七笑得十分溫柔，看著林娜，含情脈脈。他舉起右手，用甜膩的語氣說：「想要林娜牽著我去。」

林娜丟了個白眼過去，忍不住搓了搓手臂上的雞皮疙瘩。「你能不能正常點？」說完，也不等他，直接扭頭就向副本挑選區走去。

言晃與江蘿兩個人挑選副本是很認真的，只不過，哪怕已設定了副本限制兩人，剩下的E－級的副本也有上萬個，叫人目不暇接，看了好幾分鐘也難以抉擇究竟要選哪個。

「妳想選哪個？」看得頭昏眼花的言晃將選擇權交給了江蘺。

江蘺用手摸著下巴，面露沉思，幾秒後，江蘺右手一指。「我選這個。」

言晃順勢看去，映入眼簾的是一道上半身是人類、下半身是魚尾的美人魚剪影，她坐在礁石上，海水在她身下翻湧。

「幻想博物館？」言晃打開副本介紹。

副本：幻想博物館

難度：E－

副本人數：2人

副本類型：挑戰類副本

副本介紹1：當精神意識開始存在獨立性時，生物便開始追求美，追求內涵，追求崇高的意志來滿足自我精神。剪下一塊布，繪出一個世界；寸草寸木，皆為天地。人們稱這種精神追求的表達為——藝術。

副本介紹2：世界知名的幻想博物館擁有最神祕、最偉大的藝術展覽，每年都會邀請兩名客人進入其中。曾進過幻想博物館的人無不嘖嘖稱奇，稱那裡是夢中才會存在的世界——充滿一切傳說中的生物，以及夢幻的神奇藝術品。他們在那裡看到了人魚，看到了獨角獸，看到了巨大的樹……

副本目標1：探究博物館內的真相

副本目標2：存活

副本完成期限：1天

「竟然是挑戰類副本。」江蘺感慨了一聲，向言晃解釋什麼是挑戰類副本。

挑戰類副本其實就是不存在大量劇情堆砌的副本，更側重於戰鬥與微解謎，有明確的通關目標。這類副本的通關要求通常與「神」的關係不大，甚至有些是無神的。但即便如此，挑戰類副本也會有TE、HE與BE三大線。

通關即為HE，失敗即為BE，至於TE線，那就需要達成某種特殊條件了。

這類副本相對於傳統的劇情類副本，充滿了不確定性，很有可能會一不小心落到陷阱裡，讓劇情產生不可逆轉的結果；也有可能因為一個意外，導致整個副本變得格外順利。

整體來說優劣並存。

根據她剛剛收集到的資料，這個幻想博物館正是屬於無神副本。

「看來要做好準備了，」江蘺看向言晃，「很有可能達不到TE線了。」

「只要不是ＢＥ線就沒問題。」

江蘿點點頭。

接著兩人眼前出現了是否確定組隊的面板。

——玩家「欺詐者言晃」、「計算師江蘿」，是否確定組隊，共同進入副本幻想博物館？

正當兩人即將按下確定時，後面忽然傳來醫生林七的聲音：「你們怎麼不等等我們啊？」

言晃和江蘿對視一眼，毫不遲疑地同時點下「是」。

——恭喜兩位組隊成功！

言晃和江蘿不約而同地鬆了口氣。

林七眼中閃過幾分失望。「啊，竟然是雙人副本，好可惜……」他一邊說著，一邊低下頭，看似快要哭出來。

言晃跟江蘿轉過身，渾身帶著說不出的輕鬆，江蘿更是興高采烈地跟他揮手：「不見。」

下一秒，林七猛地抬頭，臉上居然帶著詭異的笑意。「……才怪。」

話音剛落，他和林娜兩人手中便分別多出一把鑰匙。

江蘿瞳孔一縮。「他們有副本密鑰！」一邊迅速搭建與言晃的精神橋樑，將副本密鑰的資訊傳給了言晃。

一次性道具：副本密鑰

品質：F

屬性：強制進入某一副本。（不可進入已封鎖副本）

道具介紹：小兔子乖乖，把門開開，我要進來。

言晃蹙眉，看來醫生是一定要跟著自己進入同一個副本了。

與此同時，林七與林娜二人同時轉動「副本密鑰」。

——已鎖定欺詐者與計算師所選副本「幻想博物館」。

——開啟！

頓時，林七和林娜兩人的身體被白光包裹。

——警告！警告！副本異常！副本異常！

——挑戰類副本人數超過上限，自動調整難度。

——副本難度：E－↓E＋

——副本載入中……

副本名稱：幻想博物館

副本級別：E＋

副本人數：4人

副本類型：挑戰類副本

副本介紹：能夠見到一切神奇藝術的幻想博物館，每年都會依照慣例邀請兩名有極高品味的藝術家進入博物館欣賞藝術，只不過進去之人再也沒能出來。有人說，他們沉浸在藝術的領域中，難以自拔……

副本目標１：探究博物館內的真相
副本目標２：存活
副本完成期限：１天

——副本載入完畢。

——實況開始！

在失去意識的最後一秒，言晃只看到林娜與林七臉上露出的微笑，以及耳邊那句「我們很快就會再見」。

此時，無數人蹲守在遊戲大廳或自己的手機面前，萬分期待著這一次實況，因為，本次將會角逐出第一百期新人王的最終勝者！

「藝術或有謬誤，
自然卻永不犯錯」——德萊頓
幻想博物館
副本三

第九章　黑夜危機

言晃進入副本之後，周圍只有自己一個人。

雖然大家對每個副本核心的內容會被暫時抹除記憶，但如果沒那麼核心的東西，仍然會被保留下來。比如這個副本的開頭應該是坐在一輛小轎車上，然後醒來就下車，並且下車時就是早晨。但現在看來，大概是因為人數的突變，副本也開始發生變化。

言晃記得進入副本時，幻想博物館的簡介裡仍舊是邀請兩個人。

現在有四個玩家……收到邀請的還是兩人。

他的出生身分是一個居民，手上並沒有邀請函，因此邀請函只會出現在其他三人手上。

現在，他沒辦法得到其他三人的任何消息。必須想辦法讓江蘿找到他的精神頻道，建立精神橋樑才行。

他這一次的「家中」並沒有什麼詭異的地方，從照片上來看，一家三口其樂融融，只是現在只有他一人在家，爸媽不知道去做什麼了。根據前兩次副本的習性來看，他家十之八九也是在副本地圖之內。

為了了解關於幻想博物館的資訊，他只能自己走出去找找。

此時外面還是深夜，家中的鐘錶是十二點出頭，看來無論是時間還是副本設定都根據難度有了變化。

他穿上一件暖和的羽絨衣便走了出去。剛開門，嚴冬的寒風在耳邊吼叫著，想要鑽進他的皮膚，原來他家位於一條道路盡頭的正對面。

這種設計……萬一有人開車橫衝直撞怎麼辦？一家人整整齊齊上西天？

道路周圍沒有路燈，為數不多的光亮來自路邊的房屋建築，這些建築並沒有所謂的對稱或整齊美感，反而是各式各樣的形狀，放眼看去也不醜，不同的曲線組合在一起，怪異卻充滿藝術氣息。

幸虧言晃自身有「夜視」能力，才能看清前路。路上沒有行人，格外寂靜，詭異地富有美感。若非涼颼颼的風颳過，甚至會感覺一切都只是一場夢。

他一個人走在這樣的寒夜裡，沒有光，沒有溫度，周圍的環境又極為陌生。不知是錯覺還是什麼……總覺得有人盯著他看。

言晃左右看去，除了一些形狀自由、怪異扭曲的樹木，沒有任何建築規律的房屋，路上除了堅硬又混亂的白色石板以外，看不到其他東西。在這種漆黑的環境中，即便擁有「夜視」能力也很難看清遠處。他只能眯著眼，集中聚焦，卻偶然發現了那些樹的違和之處。

每一棵樹的每一個扭曲弧度的確不同，但弧度過於生硬，像是被人狠狠地拉過一般，沒有日常所見的自然。況且扭曲點的距離都是固定的，與其說那是分支，倒不如說是有著固定關節構成的……手臂。

仔細一看，果然在主幹處發現每一棵樹都長了一張臉，或美或醜，帶著各式各樣的幸福表情。

言晁盯著它們時，它們敬業地閉著眼。在言晁不看它們時，那種被無數雙眼睛盯著的感覺便會刺得他毛骨悚然。它們就好像是監視器，監視著言晁。

言晁這才意識到，在這個獵奇的世界裡，他隻身一人行走在路上，才更像是異類。

這種認知讓他心裡覺得怪怪的。

他只好裹緊了羽絨衣，加快腳步。可裹緊之後，言晁又一次發現了異狀。本該處處綿軟的羽絨衣竟每處都存在異物感。而且……好像都在自主發熱。

當他發現這一點時，第一反應就是要脫掉！

還沒等他成功脫掉羽絨衣，塑膠質地的布料便傳來被撕裂的聲音，一根鳥喙隨著被撕裂的地方突然出現，刺進了言晁的皮膚裡，彷彿痛斥被言晁擠壓羽絨衣的動作弄痛了。

在衣服裡的不是羽絨，竟是活生生的鳥！

一根出現後，其他也不甘示弱，鋒利的鳥喙刺破言晃的皮膚，吮吸著言晃身體裡的血液，讓言晃痛得咬緊了牙關。

他將身上的衣服脫了下來，狠狠往地下一砸！無數鳥喙將衣服戳了個稀爛，然後一隻又一隻被砍掉翅膀的鳥從裡面跳了出來，緊盯著言晃。

黑夜中，那些鳥眼射出翠綠色的光芒，朝言晃快速奔來。

言晃在寒風中失去衣物的保護，只好拿出「家庭和睦之刀」，朝著鳥頭行雲流水地劃過。嚓——鳥頭斷裂，卻從脖子出現一隻更小的幼鳥，啄爛大鳥的皮肉，露出自己的頭。

這個畫面幾乎讓言晃一瞬間有嘔吐的感覺。後面更多的斷翅鳥跟來要啄爛他。

他頭皮發麻地決定收好「家庭和睦之刀」，加快腳步朝著遠處奔去。鬼知道那些鳥肚子裡還藏著什麼。

等拉開一定程度的距離，言晃便在商城裡買下噴霧罐和打火機，朝著那些鳥一噴。劇烈的火焰霎時迸發，將黑夜填滿，直到一陣烤肉香味飄出。

言晃才放下心來。

「這到底……是什麼東西。」他咬著牙，難以形容心裡的感覺。

忽地，身後有亮光傳來。

有人碰了碰他的肩膀。

言晃迅速轉身，「家庭和睦之刀」抵住了那人的脖子。「你想做什麼。」

來人是一位老者，身材矮小，後背佝僂，右手提著一盞煤油燈，隨著燈芯燃燒散發出一種奇怪的味道。

「這位朋友，夜深了，要不要去我們的小酒館坐坐？」他的聲音十分沙啞，像是砂紙磨過桌面一樣。

言晃打量他片刻，唇角緩緩上揚，勾起一抹溫和的笑意。「好。」

自古以來，小酒館無疑是最好的消息來源。這裡總會有各式各樣的人，也會有各式各樣的小道消息。

言晃進去之前還警惕著，但進去之後，發現跟正常的酒館沒什麼太大分別。

地方不大，人挺多，人們或一個人或一團人做著自己的事，電視裡播放著廣告。

「**幻想博物館一年一度開啟日，最終被邀請者究竟是誰，讓我們拭目以待。**」

酒客在電視機前感嘆：

「唉……我也想進去看看到底長什麼樣，竟然能成為我們這裡的地標建築，可惜一年只有兩個名額，還要館長直接邀請，完全沒辦法進去。」

「我有朋友進去過，他說在裡面可以看到人魚那種幻想中的生物，那有多美啊？」

「放屁吧，你認識的那些狐朋狗友有資格進去？哪個進去的還願意出來？」

言晃不著痕跡地走近，沉默地聽著眾人的討論，大腦飛速運轉，分析著已知訊息：幻想博物館一年只會開啟一次，每次邀請兩人，進去的人不會再從博物館離開……是不能離開還是不願離開？還會看到人魚？想到副本介紹裡的「人魚」、「獨角獸」和「巨大的樹」，言晃心中一沉。既然在這個世界的「人魚」也是存在於幻想之中的，那麼他們所看到的生物，會是真實的嗎？

「喲！有新朋友來了啊，怎麼稱呼啊？」

人們注意到言晃，各個角落的人都盯著他。

他掛上自己的招牌微笑。「言晃，當地居民。」

「第一次來啊？」

有個身材魁梧的男人走了上來，上下打量了一下言晃。「懂這裡的規矩嗎？」

「願聞其詳。」

男人笑著，捏了一下言晃的臉皮。「我們這裡只接受同好。玩個遊戲，你在我們中隨便選一個人跟你玩，贏了才能留下來，反之要離開。」

「什麼遊戲？」

男人指著放在旁邊桌上的輪盤說：「當然是有意思的遊戲，抽到什麼玩什麼。」

他一邊說，其他人一邊就把門鎖了起來，毫無疑問在告訴言晃：不玩遊戲就出不去。

言晃抵著唇，觀察著那輪盤。輪盤上大概分了三十二個格子，每一格都寫著四個字，比如「水果拼盤」或是「命運左輪」。

言晃問了問這兩樣遊戲的玩法。

男人神祕地笑了笑。「水果拼盤啊……就是你躺在桌子上，身上放滿水果，跟你玩遊戲的人要蒙著眼睛替我們大家切水果、送水果……如果你還能活著，那就輪你來切水果了……最後看誰身上的傷口漂亮，誰就是贏家。

「至於死亡左輪，老遊戲了啊……六入裝，一發子彈，看誰更幸運一點。

「老歸老，但很有意思不是嗎？把人們掙扎的表情留在最後一刻。像你這種小白臉，做出來的表情一定很好看。」

言晃的眼底暗暗閃過幾分笑意。「原來如此。」

果然是正常的小酒館，小酒館裡的遊戲都挺有意思。

男人見他笑了，也跟著笑。「決定好跟誰玩了嗎？」

言晃「嗯」了一聲，目光落在了男人身上。「麻煩了。」

男人聞言，忍不住笑出聲。

「正合我意，來！你是新人，轉輪盤的機會讓給你。」

言晃點點頭，走到輪盤前隨意一轉，輪盤在三十二個格子裡不斷旋過，人們興奮低叫著自己喜歡的項目。

最終，轉盤速度放緩，定格在「死亡左輪」這一欄。

一時間，無數人激動喊出：「死亡左輪？太爽了！我最想看的就是這個！死亡機率不斷增大，每一發都有可能死去，然後那種恐懼會蔓延到心裡，玩家最後的每一個表情都讓人讚不絕口！就算不加工，也是最棒的藝術品！」

「他這張皮一看就不錯，做成燈籠一定很好看。」

「那做成樹吧，博物館前兩天不是才公開了樹人教學嗎？像他這種長相做成樹，大概能招攬不少生意呢。」

「說得也是，其他店都跟著博物館開始做了，效果不錯，我們要跟上。」

四面八方這般說著，彷彿言晃進入這個酒館、選中這個遊戲的瞬間就已經是他們囊中之物。

言晃溫和地笑了笑，拍了拍自己的衣服。「大家都很興奮啊，看來我的手氣很好？」

男人跟著大笑。「你抽中了最熱門的。」他看著言晃就像看著肥美的兔子、待宰的羔羊。那麼弱小，那麼可憐，那麼令人興奮。明明結果未定，卻似乎早已預知了結局。

他的每一個神情都落在了言晃的眼裡。言晃也很期待，於是自然地坐在沙發上，然後指了指對面的位置。「坐。」

「那麼迫不及待？」

言晃的長腿自然張開一個弧度，搓了搓手。「來，上槍。」

「爽快！」男人將左輪直接丟在了桌面。

言晃問：「你先我先？」男人不慌不忙。「你是客人，讓你來選。」

言晃便說：「那你先吧，搞不好第一發就中呢？」

「怎麼可能……」男人似乎覺得有夠好笑，隨即拿起左輪，十分隨意地對準自己的太陽穴開了一槍，眼裡的笑意更濃。

他把槍丟到桌子上。「換你了。」這支左輪是十發裝的，也就是說，現在言晃的死亡率是九分之一。

言晃把手放在了左輪上，然後對準自己的腦袋。「你們似乎很想看我害怕的表情？但我覺得我不會死……」說完他就扣了一槍。

果然，無事發生。

這當然在其他人的預料之中。

男人拿到槍，對準自己又一次按下。八分之一的機率，並沒有死。

他將槍遞給言晃。「你是個有勇氣的，也很清楚自己的情況，只可惜，等機率越來越大的時候，你的表情就會越來越精彩，我很期待。」

「現在的機率，是七分之一。」

「但是在我眼裡……每一槍都是百分之百，你猜猜……你會死在哪一槍呢？」

他緊盯著言晃的眼睛，對言晃施壓。

言晃眯著眼睛問：「看來，你很清楚子彈的位置？」

男人也並不隱瞞，翹起二郎腿。「當然……這可是我的左輪。」

「你作弊？」

「那又如何，現在這個情況，你只能繼續玩下去，要嘛跟我碰運氣，要嘛……死在這裡。」男人絲毫不隱藏自己，他就是要刺激言晃，讓言晃知道更多，畏懼更多，讓他每一槍都感覺到死亡的恐懼，在生與死之間反覆掙扎，露出那可愛又痛苦的表情。最後……表情在最完美的那一刻，永遠停留！

言晃低著頭，身體發顫，似乎在做困獸之鬥，呼吸變得急促起來。

「害怕吧？恐懼吧？在你選擇進來的時候，你就已經死定了！」

「哈哈哈哈哈……」

「真是單純的孩子呢，又可愛又可憐，你爸媽如果哪天在店門口看見你，一定會為你感到欣慰啊！」

此時，言晃跟著一起笑了起來。他的手拿穩了槍，對準自己的太陽穴，臉龐逼近男人，與他對視。「那我……真的好害怕啊。」

他的話讓眾人感到些許不對勁，而接下來他做的事情，才真正讓這小酒館所有人都意想不到！

言晃瞇著眼，笑裡藏刀，嘴角一勾，拿著槍對準自己的腦袋，再湊近了男人的臉。

「那一發子彈，是在第十發吧？」

男人聞言，一時愕然無語。其他的人臉上也全是不敢相信，瞳孔地震。「你……你怎麼知道……」他們話都說完了才捂住自己的嘴，但為時已晚。

言晃笑著搖了搖頭，對準自己的腦袋隨手就是一槍，彷彿一切事不關己。

「我怎麼知道？不是你們告訴我的嗎？」

咔嚓。

又是一槍。

「你們既然知道子彈在哪一發，那就不該說出我的表情會隨著機率越來越大這種話，不是嗎？」

他方才的每一字，每一句，全是在套話。人只要在情緒平衡被打破之後，就難以守住祕密，說出的每句話都會成為證據。

言晃每一句說完，都給自己的腦袋上扣上一槍，表情自然，隨著左輪的子彈盤在手槍上一點一點轉動，周圍人的臉色也越來越難看。

直到言晃對著自己腦袋打出第九發。

「砰——」言晃自己配了個音，把其他人嚇了一跳。

這個人……到底怎麼回事。

言晃輕鬆地拿著手槍在手裡轉了一圈。「看來，我的猜測是正確的？」

眾人心中恐慌，一時啞口無聲。男人瞪著言晃，臉上十分恐懼。「你……你打完了，該把槍給我了。」雖然恐懼，但沒有失態。

在言晃這個專業欺詐者眼中，一眼就能看出面前這男人還在裝。他還有後手。

言晃悶聲一笑，要把手槍遞給男人。

男人興奮地想接過手槍，就在快要拿到手槍那一刻，言晃直接用槍身拍了一下他的手背，然後快速轉動槍身，在手裡耍了一個花槍，槍口堵在了男人頭上。「最後一槍給你，讓你可以射我腦袋？想得美。」

男人的表情再也維持不住了，近乎崩潰地擠出兩滴眼淚，卑微叫著：「放過我，求你放過我，我上有老下有小，我……」他一邊說，一邊打量著言晃的表情，想看看言晃什麼時候會露出勝利者的得意。

只是他像個小丑般哭鬧了許久，也沒見言晃表情有半分變化。

這種平淡的表情最終做成的樹人可不好看啊……

於是他哭得更加賣力了。

言晃嗤笑了一聲。「你從動物園剛跑出來嗎？哭不出來就別哭了。」

一切表情都騙不過欺詐者，或者說是江毅留下的道具「情緒之眼」。在裝備它時，能夠直接看見對方真實情緒的顏色。所以言晃打從一開始就知道，這是對方設的局。

現在，這成了他的局。

男人果然停止了哭鬧，一對眼白較多的眼睛裡多了幾許感興趣的意味。「看來你很聰明嘛……」

「那你留的一手又是什麼呢？」

男人看著言晃，抓住言晃的槍口幫忙對準自己的腦門中心，「你在這裡開一槍，不就什麼都知道了嗎？」

「看來，你很有自信這把槍不會傷到你？讓我猜猜……子彈不是假的，槍也不是玩具，那……這一槍打你的時候會出現啞炮？或是卡彈？

「為什麼呢？」言晃一邊說著，一邊摸上了男人的頭皮，果不其然摸到了一塊鋼鐵。

「噢——原來是頭皮植了一層磁鐵啊？」只要磁力夠強，就能讓子彈的軌跡偏移，雖然會造成傷害，但也是皮外傷。

「難怪長不出頭髮。」他一邊開玩笑似地說出真相，一邊讓男人離奇地開始感到一種莫名的心慌。

言晃緩緩將槍口對準天上。「想不想知道什麼叫緣分的藝術？」

男人開始摸不清言晃到底想做什麼了。「你……你到底想幹什麼？」

言晃緩緩靠近他的耳畔，輕聲告訴他：「我想試試，對著天上打一槍，子彈會不會飛到你頭上。我猜……這一發打出去，你會死。」

砰——！子彈朝著天上飛出。

——謊言判定，對立性事件，判定成功。

——結果：被判定者死亡。

當判定開始的一瞬間，男人臉上露出得逞的笑容，指著言晃。「電視劇看多了吧，這麼耍帥？哈哈哈哈哈哈！」他張大了嘴巴，笑得越發猖獗。

周圍的人也跟著一起捧腹大笑，彷彿這是天底下最可笑的事情了。

「我已經把全程錄下來，這段建議反覆觀看，哈哈哈！」

這男人第一次被人識破了所有手段，本來是必死的結局，只要朝著他的心臟開一槍就完了，但是，這個叫言晃的竟然把子彈往天上打，何等可笑！

他的愚昧，會讓他死得很慘！

言晃默默把只剩空殼的左輪放在桌子上，對著男人揮了揮手。「再見。」

一道金色影子一閃而過，毫無任何徵兆從天而降，被男人頭上的強力磁鐵所吸引，最後發生偏移，從男人大笑的口腔邊緣進入，迅速貫穿了一整個腦子。他甚至來不及做出疼痛反應，到死還保持著大笑的表情，子彈沒能穿過他頭顱的鐵片，永遠卡在了裡面。

其他人的笑聲越來越低，越來越小，最終現場一片死寂。他們用看怪物的表情看著言晃，心跳飛快，滿臉煞白，全身僵硬。

坐在沙發的男人十指自然合住，肘關節放在膝蓋上，然後緩緩轉過頭，在四周掃了一眼，輕聲問了一句：「遊戲結束。各位，還有誰想陪我玩下一輪嗎？」

一時間，鴉雀無聲。

眾人深怕被選中成為下一個幸運兒。

殺死一個人並不能嚇退一群人。但在一群人眼中成為一個神祕又強大的對象時，卻是可以的。

言晃隨意挑選了一個人。「你，過來。」

被指到的那個人抖個不停，坐到言晃對面，低著頭，眼神不敢直視。

言晃無奈地嘆了口氣。「你別緊張，我不是什麼壞人。」

那人聲音都在發顫：「啊？是！」

你說這話有人信嗎？

有人想要偷偷離開小酒館，言晃卻提前開口：「在我走之前，若有任何一個人離開，後果自負。我說的是——在場所有人，後果自負。」

眾人只能是緊張兮兮地看著言晃。坐在言晃對面的人更害怕了。「我……我們可以不玩遊戲嗎？」

言晃一笑。「別擔心，我只是想簡單問點事，你老實回答就好。」他推了推眼鏡。「回答不好也沒關係……一樣後果自負。」

那人快速地點點頭，神色緊張，聲音也有些結結巴巴。「你……你問，只……只要我知道，我一定全說出來。」

「先介紹一下幻想博物館吧。」

那人雖然不懂同樣是小鎮的居民，為什麼言晃還需要他介紹幻想博物館，但依然知無不言。最後，言晃大概明白了幻想博物館在小鎮中是一個怎樣的存在。

這裡的人們對藝術有著瘋狂的癡迷。每一件藝術品都是他們精神層次的表達……當然，如果一個人不是那麼有藝術細胞的話，就只能故弄玄虛。

這樣的追求源自於幻想博物館。

做為小鎮標的地標建築，幻想博物館外觀宏偉，內部卻神祕無比，從不對外開放。博物館中只有館長和幾位員工，每年都會邀請兩名藝術造詣特別高的藝術家一起參觀博物館，但參觀者從沒出來過。

有人說他們死了，也有人說他們自願留下。直到館長放出一張大家的合照，才打消了疑慮。

原來，所有人都在博物館樂不思蜀，想要追求更高的藝術境界。

身為小鎮中最有錢有勢的人，館長除了每年邀請兩位藝術家進入博物館，也會放出一些他自己的優秀作品供眾人欣賞。

比如前幾日的樹人……那是由人類的屍體製成的，美其名說是死者與自然同長，庇佑世俗萬千，實則是披著高雅外衣的殘忍之作。

小鎮居民或自願或被迫去觀摩館長的作品，將之解讀成偉大神聖又不可侵犯的藝術。人們附和他，稱讚他，崇拜他，順從他……並不是沒有反對的聲音出現，只是誰反對，誰就被排斥。

為了生存，人類高超的適應力讓他們開始追隨、模仿。當一件優秀的作品被讚美時，虛榮心也會讓他們得到滿足。當作品被館長認可並收入幻想博物館，創作者將獲得館長給予的巨額財富，成為小鎮中的富戶。

然後，惡性循環開始了。

言晃朝窗外看去。「所謂的樹人，就是道路兩旁的那些？」

那人緊張地點點頭。「是，樹人是館長最優秀的作品之一。有前人種樹後人乘涼，以及死者庇佑生者等美好寓意，館長便提議讓樹人替換掉原本的樹木——」

言晃瞇了瞇眼睛。「哪來那麼多屍體，不好奇嗎？」

「還……還好，因為院長有說那些屍體是醫院太平間給的。」

言晃捏著自己的下巴，輕嗤一聲：「所以，你們想用我的屍體做成樹人，挺會嘛？」

眾人心想，別說了別說了，沒被你做成樹人已經感天謝地了。

那人扭捏解釋：「因為你夠好看，而且新鮮屍體做的樹人比那些死很久的屍體更好，如果能夠得到館長的認可，我們這輩子吃香喝辣就不用煩惱了。」

言晃久久盯著這些人，盯得他們心裡發毛。他的視線落在了一旁拿著攝影機那個人身上。「我聽你說，剛剛的畫面拍完建議反覆觀看？」

那人愣了愣，嚇得不敢亂動。「是……是……」

言晃攤開手，給他一個溫和的笑容。「那麻煩你把相機給我。」

那人沒有任何掙扎，立刻雙手奉上自己的相機。

「打擾了，我先走一步。」言晃拿到相機之後就離開了小酒館。

啪——！他前腳剛走出去，後腳有人就把門關上了。

言晃回身敲了敲門。「麻煩開門。」

沒人回應。

「不開的話，後果自負。」

門立刻開了，門後的人換上笑臉。「啊，言大師還沒走啊？那麼晚了找我們還有什麼事？」

言晃看向之前拉他過來的老者。「路上太黑，請給我一個燈籠，我怕黑。」

很快地，燈籠就被送到了言晃手上。眾人給了燈之後又迅速關門，生怕瘟神再踏進去。

言晃嘀咕著：「明明是你們邀我進去，現在卻這麼急著趕人，真沒意思。」

他湊近燈籠看了看，這是仿造的人皮燈籠，裡面持續燃燒的十之八九是屍油，散發出來的腐臭氣味讓人渾身不舒服，他趕緊大步開走。

月明星稀，冷風颼颼。

言晃打著燈籠朝著自己的「家」走去，到了家門口時，並沒有急著進去，看向了旁邊的樹人。

樹人臉上的笑容十分自然，如果放在活人身上是幸福洋溢，但放在樹上面的話……那就不太對了。言晃走到距離自家門口最近的一棵樹，敲了敲。「還活著嗎？」

對方沒反應。

言晃將右手的燈籠換到了左手，右手拿出了「家庭和睦之刀」，盯著樹人緊閉的雙眼，默默說：「失禮了。」接著一揮，直接用刀劃過了樹幹，留下一道深深的痕跡。

樹幹突然睜開了眼睛，張大了嘴巴，發出一聲尖銳的咆哮，被刀劃過的地方竟然流出了黏稠的綠色液體。

言晃迅速後退，眼神從樹幹的人臉轉移到傷痕處，如此逼真的痛苦神情，甚至在受傷後還可以流下「血液」，這樹人絕不單純！

他退至自家門口，那樹人站在原地，瘋狂扭動著樹幹揮舞著枝條打過來。言晃當機立斷，立刻將手中的燈籠向著樹扔了過去。

燈籠掛到了樹枝上，歪斜的火焰開始侵蝕燈罩，接著是樹葉、樹枝……眨眼間，巨大的火光出現在樹的頂端，將漆黑的夜照亮，炙熱的火焰開始順著樹幹往下燃燒。

樹人痛苦地咆哮起來，大火很快便將它整個籠罩住，再難發出一絲聲音。

言晃雖然冷眼看著，也沒有放下警惕心，甚至打起了一百二十分的精神。這邊的動靜太大，恐怕其他樹人也不會繼續偽裝，大概很快就會找上門來，不過它們無法移動，只能利用自身的枝條當武器進行攻擊。

他從小酒館到家這一路觀察到，樹人的位置只在道路兩側，其他地方並沒有。根據家門口這棵樹的反擊，他已經推算出樹人的最遠攻擊距離。他確認，自己家的地理位置雖然怪異，但在此刻無疑是很好的屏障，至少能夠攻擊到他的只有家門口的兩棵樹，其他的都不行，所以只要避開另一棵，就不會有事。

果不其然，在言晃看向另一側的樹人時，對方正露出尖銳的枝幹，朝著他刺來。

言晃二話不說撿起地上燃燒脫落的樹幹，對準那棵樹便直接丟過去，下一瞬，那棵樹也著了火。

言晃想要回到屋子裡翻一下「唐鑫的新書」，看看樹人的具體屬性和技能。就在他轉身的一瞬間，身後破風聲響起。

言晃立刻蹲下，兩根來自不同方向的樹枝直接將他面前的門插破，讓門筆直向內倒塌下去。趁此機會，言晃一個前滾翻，再次逃過兩根樹枝的攻擊。他再一個鯉魚打挺一躍而起，同時往外掃了一眼，眸光一沉，剛剛的大火似乎沒有對樹造成影響，樹葉和樹幹竟然完全沒有燒壞的痕跡。

言晃毫不猶豫地直接向房子深處跑去，樹枝的伸展長度是有限的，只要到達一定距離，那些樹人絕對傷不到他。

越來越多的樹枝瘋狂擺動追擊著言晃，他雙唇緊抿，在樹枝中穿梭，偶爾和樹枝擦肩而過時，仍能感覺到炙熱的餘溫。

言晃心中一緊，這些樹人著實怪異，竟然不怕火？

一直跑到最裡間入口處，那幾根樹枝才終於到達了極限距離，拚命往前伸卻再也無法前進半步，接著心不甘情不願地慢慢往回縮。

言晃這才鬆了口氣，環視一圈後，發現這裡似乎是他父母的房間，只不過床上是空的，並沒有人。言晃皺了皺眉，但是轉念一想，若是他們不在家，更方便自己行動，便沒有繼續糾結父母的去向，而是走到房裡的真皮椅上坐下來休息。

不得不說，這椅子坐著還怪舒服的，甚至比一般的工學椅還要舒適，好似能夠精準按摩到每一塊骨頭。他忍不住放鬆了自己，直接癱坐在椅子上，拿出了「唐鑫的新書」。

不管是傳統概念還是現實物理，火對樹木的破壞幾乎皆是毀滅性的，剛剛他明明點燃了那兩棵樹，甚至有一棵還完全被大火所包裹，但現在兩棵樹就像是沒有發生過任何事一般。

這太奇怪了。或許「唐鑫的新書」能夠給他解答。

打開「唐鑫的新書」之後，卻一直未顯示出關於樹人的資訊。言晃眉頭緊鎖，心想難道他對樹人的瞭解還沒有達到50%？還是樹人根本不算這裡面的怪物？

就在這時，聽見一道聲音響起：「你坐夠了沒？」

言晃疑惑地朝著四周看了看。

「你這不孝子還要在我身上坐多久！」

他連忙從椅子上站了起來，藉著夜視，看清了他剛剛坐下的椅子上竟然有一張人臉！

言晃瞬間後背發涼。這麼說來，他剛剛一直坐的椅子……是個人？

而且聽它的話，好像還是他這次副本的「爸爸」？

言晃看著面前這張長著人臉的椅子，只覺得徹底打破了自己的認知。

樹人活著稍微能夠理解，都變成椅子了，還能活著？那一排排肋骨變成了靠背，皮肉包著骨肉，完全看不出任何屬於人的形狀，但確確實實又是人。

他剛剛，還坐在這個人上面。

「爸，這麼晚了還不睡？」他試著讓聲音自然流暢，沒有任何異常。

椅子冷哼一聲：「我本來睡得好好的，正在適應館長做給我的新身體，結果你一屁股坐在我身上，我還不醒？」

「……那真是抱歉。」

椅子一跳一跳地來到了言晃面前。「兒子，怎麼樣，爸爸這具新身體不錯吧？我跟館長說我要盡所能地為人服務，館長就賜了我這具身體，有沒有驚豔？又實用又美觀！」

言晃只覺得詭異無比，捏了捏眉心。「你開心就好。」

椅子跳到言晃身後。「來，爸爸好久沒抱你了，抱一個！」

言晃看著那椅子上的人臉，不著痕跡地後退兩步。「不必了吧？」

此話一出，那椅子不高興了，怒聲呵斥：「你什麼意思？瞧不起我嗎！我可是館長傑出的藝術品！我還有個名字，我是『支撐家庭的人』！」

他雖然字裡行間淨是驕傲和自豪，言晃卻能看見他身上悲哀與恐懼的顏色。那種無能狂怒，那種悲哀恐懼，只有自欺欺人才能接受現實。

「那……就坐一下？」

椅子又開心起來了。「快坐，你不坐，我就失去了存在的意義；如果失去了意義，那藝術品就只能成為廢品了。」

他不想成為廢品。成為廢品……就要被銷毀。

言晃欣賞不了這種詭異的藝術，但不否認「支撐家庭的人」這個名字格外適合它。

原來這就是爸媽半夜不在家的理由嗎？

言晃只輕輕在椅子上碰了一下，就立刻彈起來。「好了，我坐了。媽媽呢？」

結果椅子又暴怒了。「你這不肖子故意氣我是不是，什麼媽媽！那種不懂藝術的廢品也配當你媽？你就當你從來沒有媽！」

言晃心想，看來是死了。真是……莫名其妙的世界。

「要知道，我可是無比幸運才會被館長選中，被館長選中之後，以後我們家的吃穿都不用再擔心了，別人多羨慕我們家？那個廢品被選中一次，還不珍惜……現在我才又被選上。

「你要為自己有這樣的家庭感到驕傲，知不知道？我們要好好為館長服務，能為館長服務才能成為一個有用的人，以後生活起來也會容易許多，不然那就是廢品！」

嘮叨的爸爸讓言晃只能默默看著「唐鑫的新書」來分散自己的注意力。

實況台的觀眾們全都笑到要發瘋。

「哈哈哈哈，無論是誰都逃不過父母的嘮叨，欺詐者也有今天？笑死了。」

「我也是第一次看到幻想博物館這種開場的，不過……這真的不算劇透嗎？」

「誰知道呢……反正他目前遇到的難度的確厲害，要不是他的敏捷屬性跟得上，一定過不了關。」

言晃沒理會實況台的吃瓜群眾們。

忽然間，他看見「唐鑫的新書」顯示出全新的資訊。

幻想博物館——樹人

力量：4

敏捷：4

智慧：1

天賦：重塑，能量轉換

重塑：細胞增殖分化能力大漲，能夠在短時間內快速的改變細胞形態。

能量轉換：作為自然界中的生產者，我們不生產能量，只是能量的搬運工。

介紹：走夜路的時候總感覺有人躲在周圍的樹叢看著你，那是樹，還是人？

言晃愣住了。明明他已經沒再探索有關樹人的新資訊，為什麼「唐鑫的新書」會突然顯示出來？難道系統出問題了？

不……絕對不可能。

靈光一閃而過，言晃連忙退開了幾步，下一秒，地板竄出巨大的樹根，從他身邊劃過，刺破了椅子。

「啊——！」血肉從椅子上飛濺，椅上那雙眼睛瞪得老大，似乎不敢置信自己被貫穿了。

言晃轉身看著椅子，握緊「家庭和睦之刀」，試圖將椅子救下來。

但椅子卻用眼神示意言晃不要救他。他身上的情緒不是恐懼，而是解脫。它張著嘴，聲音泣血：「遠離……博物館，千萬不要答應他……」

當它說出這幾個字之後，樹根竟然離譜地產生強烈的火焰，將椅子燃燒成灰燼。緊接著，樹根扭動了幾下，對準言晃刺去。

言晃靈活地在樹根間穿梭。他早該想到的，樹這種植物，最可怕的不是在地上，而是地下。根據剛剛「唐鑫的新書」上顯示的資訊，他的火焰沒辦法破壞樹人，便是因為樹人具備重塑的能力，而樹能產生火焰，則是因為樹人擁有能量轉換的能力。

既然火攻不行，樹人也沒有明顯的缺點，那麼現在，除了離開它的攻擊範圍，沒有其他方法。但是這個小鎮裡，不知道還有多少樹人。

言晃的額頭冒出冷汗，心中也緊張起來。

就算副本難度提升到了E＋，也不至於有如此絕境，甚至還出現這類毫無缺點的怪物。言晃確認這個副本一定有弱點存在，只是他現在還沒有發現而已。

他深呼吸一口，應付著來自四面八方的樹根襲擊。

他的刀的等級現在明顯跟不上副本等級了，對付一些小怪物還好，但面對粗壯的樹根，這把刀很難造成什麼實質的傷害。

言晃只能放棄反擊，用靈活的身法穿梭在其中。奈何樹根實在是太多，經過了十幾分鐘的消耗，他的體力已經明顯下滑，被樹根逼到了狹窄的浴室裡。更加糟糕的是，那些樹根開始徹底包裹住這裡的每一處角落，緩緩擠壓著他的活動空間。

空間越來越窄，周圍的氧氣量好像也被迅速消耗著。

「欺詐者現在的處境很危險啊！」

「他不會永遠留在這個副本裡了吧？」

自進入副本以來，言晃第一次遇到這樣的險境，他強迫自己冷靜下來思考問題。

樹人其實還是怕火的，畢竟那時的痛苦表情並不是演出來，但因為能夠重塑，所以原本致命的弱點，現在也沒那麼致命了。

若是火勢能讓它們來不及重塑，是不是就會像正常的樹一樣被火燒成灰？只是現在氧氣不足，如果用火，可能樹沒事，他自己會先缺氧身亡。

等等！言晃忽然想到了什麼。

這些樹根為什麼總是能精準找到他的位置？是利用視覺還是觸覺？

言晃推測不出來，但是現在的情況對他越來越不利。他不再遲疑，直接取出上一個副本的獎勵道具「幻象模擬器」，迅速在螢幕中編輯了一個畫面。畫面之中，他直接穿過了這些粗壯的樹根，朝著門外走去。

「幻象模擬器」編輯的幻象足以媲美真實世界，能夠騙過任何人的五感，只要樹人是依靠五感判斷他的行動，那就一定會被騙到！況且它的智力只有1點，絕對不可能輕易識別出真假。

他屏息等待著，下一秒，只見這些包裹著他的樹根，朝著幻象中他逃走的方向刺去。言晃眼睛一亮，抓住機會，在不觸碰樹根的前提下，快速溜出了浴室，大口呼吸著新鮮空氣。「呼……」

總算是安全了。

言晃重新取出「幻象模擬器」。編輯「幻象模擬器」需要消耗精神，也就是智力，開久了對他並不好，現在已經脫險，他決定先關掉。

當他關掉之後，肩膀被什麼東西拍了拍，言晃身子一僵，沒想到它們這麼快就反應過來了。

言晃開始往前狂跑，同時再次拿出「幻象模擬器」，但很顯然這次對方不再上當，依舊對言晃緊追不捨，鋒利的尖端向著他刺來。

言晃握緊拳頭，保持冷靜，心裡快速盤算新的計畫。以目前的情形來看，只有將樹人徹底焚燒殆盡，他才能獲得一線生機，但是到底該怎麼做？

他一邊閃躲樹根的攻擊，一邊快速打開系統商城瀏覽，很快地，他的目光落到了「普通的汽油」上，汽油和火……

他直接買下了汽油，然後腳步一停，同時一個旋身，將汽油灑到樹根上，接著拿出打火機。

樹根的攻擊雖然因為言晃的舉動停了一瞬，但緊接著就繼續進攻，四面八方的尖端即將刺到言晃身體的同時，他的右手按下了打火機。

在火苗就要燃起時，他面前的樹根竟然全都停下來了，居中的一根剛好碰到言晃額頭正中心的皮膚。

言晃一愣，雙眼緊盯著眼前的樹根，卻見它們開始緩緩往回收縮，慢慢回到土裡。

這是怎麼回事？言晃不解地看著。正在此時，一道溫和的金色光芒從正東方直射過來，透過破損的房屋大洞，打在了言晃身上。

陽光？

言晃愣愣地抬起手，感受著掌心中的溫暖。竟然是真的陽光！

他走出房間，整個人沐浴在陽光之下，抬頭看了看，本來黑漆漆的天空露出了原本的藍色，金色的陽光照耀在地上，顯出了幾分溫暖。

道路兩側並沒有發生變化，昨夜那些奇怪的樹人似乎變回了正常的樹，它們保持著原樣，在晨間溫煦暖風中輕搖，靜靜沐浴著陽光，進行著光合作用，拚命吸納屬於自然的能量。

就連樹皮上的紋路都變得正常了，彷彿昨夜發生的一切只是一場夢，天亮了，夢便醒了。

言晃抿著唇，走到之前一直攻擊他的樹人旁邊，伸手摸了摸樹皮，很普通，是正常的手感。

他垂眸仔細想了想「唐鑫的新書」對樹人的介紹，介紹裡曾經提到過「夜路」，也就是說，樹人只有在夜裡才會「復活」，而太陽升起的那一刻，它們就會變回普普通通的樹。

此時，家家戶戶也打開了門，走出待了一夜的房子。

他們大口大口地呼吸著新鮮空氣，歡快地慶祝著自己又多活了一天，然後再紛紛告別，各自去做自己的事情，與夜間的寂靜詭祕完全不同。

言晃恍然大悟，難怪晚上一個人都沒有，怪不得那個小酒館的人明明怕自己怕得要死，卻不肯離開。原來大家都知道夜間是誰的主場，卻沒有人告訴他。

言晃冷笑一聲，拿好「家庭和睦之刀」，朝小酒館的方向走去。

第十章　各懷鬼胎

一路上，言晃發現這裡的居民絕大部分都是正常人，只有少部分人會以奇形怪狀的模樣出現。在這些奇形怪狀的人現身後，小鎮的居民就會表現出羨慕與讚美，但是言晃利用道具「情緒之眼」，看見了他們身上代表著恐懼的顏色。

言晃心裡一嘆。如果他們想要在這裡生存下去，不僅要偽裝成館長的同好，還要努去欣賞那些所謂的「藝術品」。

不久，言晃便來到了小酒館外。此時小酒館的門大敞著，三三兩兩的人湊在一起，滿臉笑意地談天說地。他揚揚眉，又走近了幾分，恰好一人轉頭，和他對上了視線。言晃微微一笑，剛抬手想打個招呼，就見那人瞬間變了臉色，一邊往酒館裡跑一邊喊：「他來了！」

其他人大驚失色，緊隨其後跑回了小酒館，「啪」的一聲把門關緊、鎖上。

言晃無奈地笑了笑，直接上前，用「家庭和睦之刀」把門劈開。

「各位，早安啊。」

小酒館裡的人瞪大了眼睛，上下打量著言晃。「你竟然還活著？」

言晃的刀柄拍了拍手掌，用一種輕飄飄的語氣說：「看來你們很清楚昨晚會發生什麼嘛！」

小酒館的人皆面露苦色，不停道歉告饒：「對不起，真的對不起，請你饒我們一命，我們……我們也是有苦衷的……」

「什麼苦衷？」

眾人你看看我，我看看你，一句話都不敢說，最後，還是昨晚被言晃指到的那人開了口：「我們只是為了過點好日子而已。」

言晃看了看他，又掃過其他人，開始感興趣。「說來聽聽。」

眾人臉色都不太好看，彆扭了老半天，最後那人才說：「如果我們能做出什麼不錯的藝術品、得到幻想博物館館長認可的話，就能成為藝術家，不需要變成怪物了。如你所見，這裡原本是一個普通的小鎮，後來館長來到這裡，開了幻想博物館，之後博物館打響了名氣，賺了大錢，鎮長就開始說要把這裡打造成國際藝術小鎮。

「一開始還好，只是要大家去欣賞一些作品，提高一下大家的藝術水準，接著就鼓勵大家自由創作，無論好壞，都會給錢。後來大家發現自己做點手工，隨便畫點東西就能賺到錢，漸漸就沒人願意工作了。」他繼續說：「水電沒人修，食衣住行沒人管……大家全都去搞藝術了。從一些漂亮的畫作到一些雕塑，再到更多我們看都看不懂的玩意，最後，連樹人都出來了！沒人要管日常生活，小鎮變得一團亂，然後館長就提議讓『藝術品』來管。等大家反應過來的時候，整個小鎮都變成了館長的天下——人們可以進來，但是不能出去。我們投訴過，也有人罵過那些所謂的藝術品，但很快就被館長說藝術造詣不行，再過幾天，抗議者就消失了。

「我們心裡都明白，那些人是被館長做成了『藝術品』……」那人一邊說著，一邊露出驚恐的表情，來自內心深處的恐懼讓他全身不受控地戰慄，即便如此，他仍堅持說了出來。

他希望有人能夠知道真相，他希望有人能夠打破現在的壓迫局面，他希望有人能夠幫他們解脫——他們真的受夠了！

氣氛太過沉悶，言晃便開了個小玩笑：「我還以為你們真的對館長的藝術感興趣。」

但那人並沒有感受到言晃的好意，面色難看地說：「一些漂亮的畫我還能理解，但是隨便亂塗幾下，或是堆砌一些殘忍的畫面……或許我真的沒有什麼藝術細胞吧，完全看不懂那些。如果不是為了生存，誰願意吹捧那些毫無底線的畫作！」

他一邊說，周圍的人一邊勸他別說了。「萬一被人檢舉，你會死的。」

那人也想到這個問題了，糾結片刻後沒有繼續開口，只是目光複雜地盯著言晃。

言晃接收到他目光裡傳達的訊息，微笑著點點頭。「那就不說這些了。不過，我還好奇一件事，如果館長製作的『藝術品』變成了廢品，會怎麼樣？」

對方透過大開的門向外看了看，然後伸手指著對面。「會被銷毀。」

言晃順著他指著的方向看了過去。

那是一把椅子，它身邊圍著兩個拿著斧頭的人，他們將椅子固定好，不顧椅子破口大罵，直接揮刀砍下，最後將其埋入土中。

言晃目睹了一切，心中驚愕，完全沒想到會是用這樣殘忍的方式進行「銷毀」。

旁邊的人說：「失敗的作品會回到自然……塵歸塵土歸土，也是偉大的自然藝術之一，與落葉歸根一樣，寓意著回饋，屬於廢物利用。這是館長的說法。」

「好，我明白了。」言晃站起身，走到了外面，溫暖的陽光照在他身上，他卻覺得有些寒冷，更有諸多情緒堵在胸口。

這個小鎮在一種詭異的秩序下運作，然後被這種秩序的發起人牢牢掌控。在扭曲的秩序下，人們被迫逆轉自然，維持著生活的「井然有序」。

這樣的社會體系，算不算一種「藝術品」呢？

言晃冷笑一聲。他覺得，算的。

當無數的詭異構成一個社會體系，那麼這個世界本身就是最大的「藝術品」。只是這種藝術只服務於少數人，而自然的選擇，是遵從多數人的。

說話的男人忽然「砰」一聲跪在言晃面前。「我知道你是很厲害的人，如果你有足夠能力的話，懇求你打破這個局面。如今的我們，連活下去都十分困難了。」

周圍的人聽見男人的請願，帶著懇求、帶著希冀，一起看向言晃。

如果不曾擁有希望，他們或許會選擇認命，可是只要有一線生機，誰又會願意放棄生存的希望？

言晃看著他們，眉眼間帶著幾分鄭重。「我會幫你們，這也是我的任務。」

這次的副本雖然難度升級，但是任務本身沒有改變，而「探究博物館內的真相」任務正好和眾人的祈願不謀而合——兩者的關鍵都在幻想博物館之中。

就在言晃思索之際，所有人突然都對言晃跪了下來，姿態虔誠。

言晃嚇了一跳，剛想開口說話，卻見一個身穿燕尾服的男人走了過來，警惕地看著眾人。「你們這是在幹什麼？」

眾人沒有回話，只是匍匐在地上，嘴裡不斷重複著「感謝」二字。

燕尾服男人見狀，整個人開始激動起來。「哦，這是多麼美的場面！我要拍下來，把它交給館長大人，他一定會十分欣賞。」

燕尾服男人看向言晃，目光中多了幾分贊許。「這是一項不錯的行為藝術……你很不錯。」

言晃心想這人或許是幻想博物館裡的工作人員，而周圍的人突然對自己下跪，一是真誠的感謝，二是自救，三是想幫他獲得博物館的邀請。

言晃溫和地看著燕尾服男人說：「為了這份作品，我可是付出了不小的代價。」

燕尾服男人贊同地點頭。「不錯，藝術永遠是無價的，你命名這作品了嗎？還是打算讓館長大人幫你？」

言晃微笑說：「能讓館長為這份作品命名？這簡直是榮幸！」

燕尾服男人覺得言晃太上道了，忍不住起了惜才之心。「不錯不錯，你是一個很有天分的人，我會把你介紹給館長，館長一定會喜歡你的。剛好，最近館長要邀請藝術家參觀幻想博物館，像你這樣本土出身的藝術家少之又少，他一定會很歡迎你的加入。我這裡有一份邀請函，還請收下。」

——恭喜玩家欺詐者獲得隱藏限時道具：幻想博物館的邀請函。

道具：幻想博物館的邀請函

品質：E

屬性：無

道具介紹：幻想博物館每年只會邀請兩名具有高深藝術造詣的藝術家進入其中，共同欣賞館長的巔峰藝術，但你的出現成為了例外。

言晃看著這封邀請函，它和普通邀請函沒什麼不同，但要說與通關有關，也的確如此，畢竟他確實需要進入幻想博物館。

言晃開始故意表現得十分激動，對燕尾服男人鞠躬道謝。「謝謝，謝謝！」

燕尾服男人似乎很享受這種感覺，挺胸抬頭，端正好自己的儀態。「好了，這是你應得的，我還要去巡邏其他地方。」說完，便大搖大擺地離開了。

等他走遠之後，地上的人們才慢慢起來，圍住言晃，雙眼滿是希望。「言先生，拜託了！」

這是他們送給言晃的一份禮物，是他們盡己所能送出的最好的禮物。

言晃收到了眾人的心意，點點頭，朝著幻想博物館而去。

幻想博物館位於小鎮中心，周邊有一個巨大的噴水池，各式各樣、不同尋常的奇異雕塑位於水池中央，呈現一種奇異的風格。噴水池裡的生物雕塑有的長相奇怪，有的卻是正常模樣，不過言晃還是從中發現了它們的微妙關係。

從最中間的海草、小魚、長尾魚，再到一些海怪，表面上看似和諧歡喜，卻給人一種巨大的壓迫感。

這是一種捕食關係！言晃心想。

一道刺耳的「吱——」聲在耳邊響起，那是汽車輪胎猛然摩擦地面的聲音。

言晃順著聲音看了過去，卻見一道熟悉的身影從車上下來。他挑了挑眉，沒有說話，只是往角落裡又走了一步。

林七從車上下來後，繞到另一側，打開了車門，接著如同童話裡的王子般單膝跪地，一隻手抬起，準備迎接屬於他的公主。

只是，那位公主相當嫌棄這樣的舉動。

「離我遠點！」

林七哀傷地看著林娜。「林娜，妳傷到我了。」

林娜雙手抱在胸前，站在一旁，聞言翻了個白眼。「快點把她弄下來。」

「好。」林七嘆了口氣。「不准在車上殺人就算了，還沒收了我們的邀請函，真是過分！」

他一邊說著一邊向車裡探進身子。片刻後，他手裡拖著一個被綁得完全動不了、嘴巴也被貼上膠帶的女孩從車裡出來。

被綁的江蘿一臉生無可戀，心裡忍不住嘆氣，她長這麼大還是第一次這麼丟臉。

「邀請函呢？」林娜問。

「在口袋裡。」林七低頭看著坐在地上的女孩。「現在不在車裡，我們是不是可以……」

話雖然未說完，但是江蘿已經明白了剩下的意思，大眼睛瞬間浮上了幾分驚恐，四下亂瞟，心裡忍不住狂喊：言晃，你在哪裡？快來救我啊！

下一秒她便看到了隱藏在角落中的言晃。言晃對她眨了眨眼睛，江蘿會意，迅速搭建好精神橋樑。

「你居然在這裡！我還以為你在車底呢。」

言晃一噎，平復了下心情才問：「妳是什麼情形？」

江蘿抱怨：「我太慘了，這輩子沒這麼丟臉過！一進副本，我就跟這兩人一起在車上，完全看不到你的影子。我沒辦法在車裡施展拳腳，他們本來想殺了我，還好車內禁止殺人，做為威脅，ＮＰＣ還把他們的邀請函沒收了，不然你現在看到的就不是這個可愛、漂亮、厲害、懂事的我了。」

言晃突然覺得自己在這個副本的經歷好像沒那麼糟。

江蘿為了不讓林七發現言晃，一直動來動去，表現出試圖逃脫的樣子。

言晃告訴她自己發現的副本規則，兩人最後確認，想進入博物館，只有拿到邀請函這個辦法。

「我本來有一張邀請函，但是剛剛被醫生搶了，那個演員林娜身上本來就有一張，所以邀請函現在全在他們身上。我們要想辦法把邀請函拿過來。」

言晃問：「怎麼拿？」

「醫生這人很敏銳，而且我還被綁著，沒辦法做太多動作。」江蘿說：「不過，他應該還沒發現你，由你出手最合適，我盡力幫你。」

言晃勾起唇角。「妳不用做太多事，只要記得把握好時機。」

江蘿有些疑惑。「你要做什麼？」

言晃漫不經心地說：「『幻象模擬器』。」

此話一出，江蘿瞬間就明白了。

此時，林七正在將手中的邀請函遞給旁邊的林娜。林娜一邊接過邀請函，一邊說：「現在欺詐者還不知道在哪裡……不知為何，我有些不安。」

「別擔心，那個人不會對我們造成威脅。」林七右手用力將江蘿提了起來，左手化為刀，慢慢逼近江蘿。「現在，先把這丫頭解決了。」

江蘿驚恐地看著他，連連搖頭，似乎是在求饒。

林七毫不遲疑地揮出一刀，剎那間，鮮血四濺，隨後江蘺像一個破布娃娃般被扔在地上。

看著這一切的言晁勾起了唇角。

林七很快就發現了不對勁，一直瞇著的眸子張開，僅剩的一隻眼中布滿寒光。他竟然瞬間便從言晁所製造的幻想世界中掙脫出來！同一時間，言晁倒退兩步，悶哼一聲，捂住了額頭。

因為林七的掙脫，導致他所創造的幻想世界出現崩塌，精神力的傷害反噬到他自己身上。

林七尋聲看去，正好和言晁對上了目光，他眉頭一蹙，第一反應不是去查言晁做了什麼，而是伸手摸向自己裝著邀請函的口袋，還沒摸到邀請函，卻率先碰到一隻溫熱的手臂。

林七反應極快，直接將其握住，眸色暗沉，語氣卻很輕快：「看來你們好像有很不錯的道具呢？只可惜，我還是快了一點。」

「怎麼回事？」林娜這時也發現了言晁的存在，陰沉著臉問。

剛剛言晁利用「幻象模擬器」改變了林七和林娜眼中的世界。在他們眼中，林七殺死了江蘺，而事實是林七砍斷了江蘺身上的繩索，讓江蘺可以自由行動，然後趁機從林七口袋裡取出邀請函。只是言晁沒料到林七的反應竟如此迅速，幸好他研究了林七很長的時間，現在的情況也算是在他的計畫之內。

他上前幾步，從陰影中走出，看著他們微笑著說：「你們好。」

「你好啊，欺詐者，許久不見，是不是想我了？」林七歪歪頭，語氣輕快地問。

趁著言晃吸引了林七和林娜的注意力，江蘿狡猾一笑，左手摸上了林娜的口袋，同時右手利用自身天賦凝出一把鋒利的匕首，手腕一轉，用力劃開林七手腕的同時也將他口袋中的邀請函劃破了。

本來林七的全部精力都在言晃身上，結果右手腕處突然傳來刺痛，令他下意識鬆開了手。趁此機會，江蘿直接衝著言晃那個方向。

林七反應極快，在恢復自己傷勢的同時，左臂骨刀開始伸長，朝著江蘿刺去，再冷眼看向一旁呆滯的林娜，冷聲說：「妳的邀請函！」

林娜一驚，連忙摸進自己的口袋，絕美的臉上閃過狠戾，向著江蘿衝了過去。「臭丫頭！」

江蘿見狀，整個人一縮，緊接著便被裝入了一顆球中。

林娜和林七眼神一變。林娜猛撲上去，伸手去抓，沒想到球體極其光滑，她不僅沒抓住，甚至將球推得更遠。

江蘿在球裡被迫滾動，只感覺世界天旋地轉，還是言晃從系統商城裡買來一張大漁網，將球網住，才救下了江蘺。江蘺從自己的球裡出來後，第一時間將手裡的邀請函交給言晃，然後蹲在路邊開始吐起來。

言晃連忙從系統商城買了瓶「普通的礦泉水」和一盒治療眩暈的藥遞給江蘺，然後看了一眼那顆還沒來得及收回的球。

道具：絕對光滑的倉鼠球

品質：F

屬性：防禦力＋1

道具介紹：超級超級光滑哦，絕對無法被人抓到！

言晃嘴角抽了抽，忍不住感慨，副本裡還真是什麼東西都有啊！

江蘺吃了藥後，暈眩感立刻緩解，這才站起身，感激地看向言晃。「好多了，謝謝。」

「沒事就好。」言晃摸了摸她的頭。

林七跟林娜二人的表情卻相當難看，因為他們剛剛發現自己剩下的那一張邀請函也有了破損，已經不能使用，所以現在四個人手中只有一張邀請函，而那張邀請函還在言晃手中。

林娜看著他們，低聲罵了一句。林七也瞇起眼睛，臉上露出一絲輕笑，死死盯著江蘿和言晃說：「欺詐者不愧是欺詐者，真是好手段。」他的眼神像毒蛇一樣，冰冷又黏膩。

言晃上前將江蘿擋在身後，淡淡地說：「多謝誇獎。這邀請函，我就收下了。」

他話音剛落，林七便朝他猛然襲來。言晃記得很清楚，醫生的敏捷屬性高達4.9，力量屬性更是達到了5.2，這無疑是言晃進入副本以來看到最變態的屬性值了。

言晃當機立斷，快手把江蘿塞進「絕對光滑的倉鼠球」裡，對著不遠處的噴水池一丟，同時自己也迅速跟上。江蘿曾說過，他們在進入副本後，一直都待在車裡，所以醫生現在應該還不知道幻想博物館的規則。

他一邊跑一邊開口：「醫生林七很疲倦。」

因為「神之左手」和「謝扶沐的守護」都自帶幸運屬性，所以也讓他的幸運值增加，雖然施展天賦的成功機率並沒有改變還是50%，但是「判定成功」的可能性在增大，就像現在！

——謊言判定為對立性事件，判定成功。

——判定結果：醫生林七此前遭受「家庭和睦之刀」傷害。「詛咒」效果二次發作，感覺到疲憊，能力值下滑20%。

判定令林七的速度馬上有了明顯的下降，言晃把握住機會，飛速跑到噴水池邊。

眼看著林七的拳頭就要砸來，言晃卻不躲不閃，令林七覺得不對，但是在拳頭落到言晃身上後，他還是迅速將那點不對勁拋到腦後。「欺詐者，偷東西可不是什麼好習慣哦，一定要被懲罰！」

話音落下的那刻，言晃的右胸口也被他打穿，林七臉上的笑容還沒來得及放大，就感覺冰涼的溼意濺到了自己臉上。他被溼意驚醒，瞪視著面前的場景，臉上的笑容馬上被陰鷙替代。該死，竟然又是幻象！他大意了。

江蘿則在一旁二次狂吐，一張小臉白得嚇人。

言晃很不好意思地拍了拍她的後背。「情勢所逼，妳的屬性跟不上。」

江蘿點點頭表示理解，暗暗下定決心，有時間一定要好好想辦法提高一下屬性，特別是敏捷屬性，這樣以後面對打不過的人，也能靠自己跑快點，不用受苦。

林七看著他們，心中略微觸動，又感到厭惡，直接拿出了自己的武器。「好，很好，非常好！」他盯著言晃露出了充滿惡意的微笑。

言晃看著他手中的長劍，心裡一驚，將面色發白的江蘿護在身後。

他認得出來，那把劍是醫生用他在副本中殺死的玩家脊椎煉化而成的，品質無限接近「D」，屬性值為「力量＋5，詛咒＋1，禁療＋1」。

這把劍的力量屬性值加上他自身的力量屬性值，已經超過10，所以言晃才會如此忌憚。

林七此人，無論是實力、裝備，還是戰鬥能力與直覺意識，在副本新人中都是最頂尖的。一定要說他有什麼弱點的話，便是他的行為邏輯——這是他最大的防線，也是最大的弱點。只要能弄清楚他的行為邏輯，就能找到他的致命漏洞，但如果弄不清楚，就會被他耍得團團轉。

他也在和林七的交鋒中發現，對方雖然想殺他，卻絕對不會簡單俐落解決，因為醫生享受的是折磨的過程，所以在林七眼中，自己一直都是一隻被困之獸。當林七拿出「罪惡的大劍」的時候，言晃就知道對方如今的心態已經變了。

他不再享受折磨的過程，而是想要直接殺死自己。

「欺詐者，我要開始認真了哦！」林七說。

言晃面色不變，但是心跳很快，在林七舉起大劍的瞬間，他嘴角輕輕一動，大聲喊：「檢舉！有人破壞珍貴的藝術品！」

林七嗤笑一聲，並不在意，舉著「罪惡的大劍」向言晃刺去。言晃轉身，將江蘿往旁邊一推，同時自己往另一邊挪了幾步，直接倒入噴水池中。

「言晃！」江蘿大驚尖叫，便見噴水池中跳出無數有著鋒利牙齒的長尾魚。牠們避開了言晃，瘋狂地往林七身上撲去，張著大嘴似乎想要撕咬他。

林七瞳孔一縮，若是只有幾隻還可以立刻斬殺，但是現在數量太多，根本無法快速斬殺完畢，他又沒有防禦型的道具，看來受傷是無可避免了。他眸中閃過一絲厲色，右手握緊了大劍，迎了上去。反正都會受傷，那就多消滅一些。

站在一旁冷眼旁觀這場鬧劇的林娜低咒一聲，迅速上前，擋在林七前面，同時一面巨大的盾牌出現在她手裡。

林七驚喜不已。「林娜，妳來救我了？我好感動！」

林娜白了他一眼。「閉嘴，別說話！」

那些飛撲而來的長尾魚全都撞上林娜的盾牌，反彈後摔到地上。

林娜鬆了一口氣，收起盾牌，下一秒便見地上的魚長出了腿，直奔而來。

林娜快要瘋了。「這到底是什麼怪東西？」回答她的，是眾多長腿長尾魚的攻擊。

見林娜和林七沒有時間管他們，江蘿剛想進水池扶起言晃，卻被他制止了，只好站在水池外面等言晃出來。

「那些魚為什麼沒攻擊你？因為你沒破壞藝術品嗎？但你不是倒在池子裡了嗎？這不算藝術品？」江蘿好奇地問了一串。

「算，但是我有館長的邀請函！」言晃一邊擰衣服上的水一邊說：「身為館長特邀而來的客人，他的『作品』自然不會傷害客人。」

江蘿恍然大悟。「難怪你剛才不讓我進水池。對了，邀請函沒壞吧？」

「沒有。」

他們剛交談完，博物館大門就打開了。裡面走出兩個穿著西裝的男人，其中一個便是之前給言晁邀請函的燕尾服男人。兩人看著破損的噴水池和滿地的死魚，氣得臉黑，無比憤怒地盯著林娜和林七。

「好大的膽子，竟然敢破壞館長偉大的藝術品！」

「我們會代表館長，狠狠地懲罰你們！」

忽然，燕尾服男人注意到言晁，意外地說：「言先生，你來了？怎麼搞成這樣？」

言晁指了指林七。「他推我。」林七有些無語。

燕尾服男人更加憤怒，指著林七大罵：「真是粗鄙！像你這樣不懂得尊重藝術品與藝術家的惡人，必須受到懲戒！」

他對旁邊的西裝男人說：「你帶言先生跟這位小姐先進去，我來懲戒這個粗鄙者。」

西裝男人點點頭，彬彬有禮地對著言晁與江蘿說：「言先生、小姐，請。」

言晁不著痕跡地掃了一眼林七，笑了笑說：「多謝。」

兩人被西裝男人帶到幻想博物館大門口。門鎖是虹膜密碼鎖，西裝男人彎下腰，將眼睛對準攝影鏡頭，只聽「滴」的一聲，大門便打開了。

映入言晃和江蘿眼簾的並不是空曠卻帶有渾厚藝術氣氛的大廳，而是一條很長很長，不知通往何方的走廊。館內沒有陽光，只有牆上的幾盞壁燈亮著，昏暗又陰森，讓人難以看清裡面的模樣。

西裝男人微笑說：「二位請。」

林七和林娜滿臉錯愕。林娜忍不住質問：「他們不是只有一張邀請函嗎？怎麼兩個人都可以進去？這不合規矩！」

林七也很好奇，冷靜下來，瞇著眼睛看向言晃那邊。

事情不對勁！幻想博物館的副本介紹明確指出，一年只會邀請兩位「藝術家」進入博物館內參觀，也就是說，一張邀請函只能讓一個人進去。他們這一局被邀請的兩人分別是林娜和那個丫頭，所以兩張邀請函也只出現在她們身上。

但剛才那丫頭毀了一張邀請函，還偷走另一張邀請函，所以欺詐者他們應該只有一張邀請函才對，而一張邀請函，只有一個人可以進入，現在的情況卻是兩個人都可以進去博物館內……

言晃聽到林娜的話，微微勾起唇角，事到如今也沒有隱瞞下去的必要了。他摸了摸自己衣服上的口袋，一張邀請函出現在眾人眼前，接著大拇指輕輕一滑，一張邀請函變成了兩張。「很抱歉，我有兩張邀請函。」

他的笑容依舊溫和，這樣的笑容在林七看來卻是無比礙眼。

他被耍了！他從一開始就被耍了！難怪計算師毫不留情地毀了一張邀請函，原來是因為欺詐者手中就有一張！

他咬著牙，冷笑兩聲，身子抖動。「哈哈哈哈，欺詐者，我真是對你越來越感興趣了！」

言晃雙手插口袋看了他片刻，而後問那個穿著燕尾服的男人：「先生，我能有幸觀看你懲戒他的全程嗎？」

燕尾服男人受寵若驚。「當然可以了，言先生，這是我的榮幸，你可是我們館長很期待的貴客！」

燕尾服男人躍躍欲試。言晃和江蘿靜靜地站在博物館門口，等待林七和林娜被燕尾服男人懲戒，儘管他們並不覺得林七會受創多大。

林娜後退幾步，默默開口：「注意別傷到他的眼睛。」林七得到指令，整個人興奮起來，直勾勾地盯著燕尾服男人。

燕尾服男人看著他的眼神，心裡控制不住地顫抖，用兩隻手緊緊握著一把槍，槍口對準林七。下一秒，他對著林七的身體開槍，一道光球毫無阻攔地穿透了林七的身體，卻沒有對他造成一丁點傷害。

燕尾服男人驚恐地瞪大眼睛。

「怎麼可能?!這可是館長的力量啊！怎麼可能會沒用！」

林七嘴角翹起，一步一步走向他，同時還解釋：「因為重塑肉體與心靈的健康，本來就是醫生的本業啊……」說完，他右手一揮。「罪惡的大劍」閃過一道銀光，燕尾服男人一分為二，倒在了地上。

目睹一切的言晃和江蘿心頭一悸。

江蘿習慣性入侵了掉落在地上的槍的資訊，然後被言晃拖進了博物館中，西裝男人也是緊隨其後，滿臉驚恐。

林七站在原地，冷眼看著三人離開並關上了博物館的門。

「真是膽小啊！不過，我們很快就會追上他們的，是吧，林娜？」

林娜沒有多說什麼，她走到燕尾服男人身邊，將右手食指放在他的傷口處，運用起自己的天賦。

——血液解析完畢，獲得外在性狀表現因數。

林娜將自己的手指挪開，從口袋裡拿出一張紙巾擦了擦，而後不快不慢地朝著博物館的大門走去。這短短的一段路程，林娜的眸子就從原本帶著混血美感的偏淺棕色變成了純黑色，瞳孔也縮小了些。

她將雙眸對準幻想博物館大門的虹膜鎖。「滴」的一聲，門開了。

林娜轉過身看向林七。「可以了，進去吧。」

林七用甜膩膩的語氣說：「林娜真厲害！」

他一直都相信，林娜總有一天能夠再一次給他美的感覺。

言晃在進入博物館之前就已經在門口設置了「低級全視角探測」，雖說他之前觀察醫生的影片時，也順便瞭解了這個一直跟在醫生身邊的演員林娜，知道她的天賦是能夠自由變化容顏和肉身，但真正看到林娜的天賦之後，還是忍不住驚嘆一聲。

果然，每個人的天賦都很強！

不過，林娜這樣的天賦，會有什麼樣的限制呢？

言晃不得而知，畢竟他沒有專門觀察過演員的影片，所以一時之間也找不到方法對付她。

他對旁邊的江蘿再次說：「小蘿，從現在開始，任何情況下都不要斷開精神橋樑。」

江蘿點點頭。雖然搭建精神橋樑對她的消耗並不大，但一直保持精神連接的狀態，時間長了還是會有點吃力，但她了解言晃想這麼做的道理。

「我們必須快點離開這裡，他們要是追上來，那就麻煩了。」兩人說著便順著長廊向幻想博物館裡面走去，卻沒料到越往內走燈光越暗，甚至連西裝男人都不見了身影，似乎這裡只剩下他們兩人。

江蘿雖然膽子大，但面對這樣的環境還是有些害怕，抱緊了言晃的手臂。言晃摸了摸她的頭，從系統商城裡買了一個手電筒，主要是為了增加些光亮，安撫江蘿，而他則利用夜視能力查看著四周。

原本以為牆上會有什麼線索，結果除了一堆密密麻麻的奇異符號，什麼都沒有。他摸了摸，發現牆壁並不是石牆而是木製的。

忽然，長廊裡響起一陣極為悅耳動聽、無比迷人的歌聲，彷彿能夠影響人的心智，讓人情不自禁地想要靠近。

江蘿緩緩鬆開了言晃的手臂，向前走去。言晃因為自身與「幻象模擬器」相連，所以對一切迷惑心智的東西都有抵抗力，見江蘿情況不對，快手攔住了她。

「江蘿，醒醒，快醒醒！」他看著江蘿無神的雙眼，猜到她是受了歌聲的吸引，直接捂住她的耳朵。江蘿渾身一顫，猛然回過神來。「我……我怎麼了？」

「歌聲有問題，妳剛剛被影響了。」言晃擔憂地看著她。「現在感覺怎麼樣？」

「沒事了。」江蘿聽著歌聲，沒有繼續被影響。

「看來只要人有了防備，就不會再被影響。」言晃說：「要不要去看看？」

「好。」

此時，林娜跟林七也聽見了歌聲。林娜雙眸漸漸無神，呆呆地朝著歌聲傳來的方向走去。林七毫不猶豫地用骨刀刺進了她的手臂，強烈的疼痛感喚醒了她。

「妳不能拖我後腿哦！如果跟不上的話，可以在外面等我。」

林娜臉色難看，直接從系統商城買了藥替自己止血，冷哼一聲：「意外而已。」

林七雖然也受到了些許影響，但或許是剛剛在言晃手上吃了兩次虧，所以他提前做好了防備，眨眼間就回了神。

「走吧。」林七的速度很快，完全沒有把林娜當自己隊友的意思。林娜也沒有要他等自己，只是默默跟上。

而言晃和江蘿循著歌聲，已穿過長長的走廊，來到了一扇被關緊的大門前。

江蘿將耳朵貼在門上聽了一會兒，轉身來到言晃身邊說：「歌聲就是從這裡傳出來的！」

話音剛落，那巨大的鐵門突然發出「咔咔」聲，江蘿嚇了一跳，轉頭看去，只見那沉重的大門一下子就開了。

「這裡是……」江蘿怔怔看著面前的場景，呼吸都放輕柔了很多。「大海？」

明明只隔了一扇門，卻彷彿換了一個世界。

一望無際的蔚藍色海洋瞬間佔據了整個視野，藍白色的透亮光芒絢麗至極，一個又一個泡泡漂浮在水中。海洋像是被什麼東西包裹住一般，絲毫沒有流出門外。完全打破了所有自然界中能夠理解的定律。

耳邊的歌聲仍然動聽，言晃循聲看去才發現，自己右前側竟然有一個巨大的、被淺灰色布幕所遮擋的玻璃罩。透過陽光的折射，隱約能看到幾條婀娜曼妙的奇異身影，披散著長髮，遮擋住屬於人的上半身，下半身卻是像魚尾一般，修長而流暢。

言晃和江蘿驚異於眼前這一幕，連剛剛趕到的林七和林娜也滿臉震驚——這完全就是人魚的模樣啊！

就在這個時候，一道聲音傳來：「我尊貴的客人，歡迎你們來到。」聲音聽上去十分奇怪，不像一個人的聲音，更像是無數人同時說出來的。

不等他們細想，一位身穿純白衣服的男人從玻璃罩後走了出來。

他全身被白色布料包裹，僅僅露出一張絕美的臉孔，彷彿上天創造的藝術品一般，精雕細琢找不出半分瑕疵。此刻他雙手張開，站在海水之中，笑容燦爛。「歡迎來到幻想博物館，我尊貴的客人們，請進。」

傳說中的幻想博物館館長，露面了。

言晃並沒有行動，此時情況不明，他不敢掉以輕心，生怕會有什麼變故。倒是他身後的林七嗤笑一聲：「欺詐者，你不進去嗎？」

言晃沒有理他。

林七現在倒不急著在博物館館長面前對言晃動手，他剛在言晃手上吃過虧，所以不想在情勢清楚之前，在博物館館長面前鬧事，如果不小心被盯上的話，那就麻煩了。

不過，不動手不代表不能語言嘲諷。

「欺詐者，你為什麼不過去？該不會是怕了吧？」

言晃很誠實地點頭說：「對，我怕。」

林七一噎，哼了一聲：「難得你會怕。」

言晃說：「不難得，我怕的東西太多了。你若是不怕，那你先請。」

林七直接一個大跨步進入了門內的世界，繼續說：「太過小心可不是好事，會錯失很多機會。」

下一秒，他卻面色漲紅，瞪大了眼睛，身體開始往上漂浮。林七拚命掙扎著，但在水中的身體根本不受控制，顯然是溺水的模樣！

言晃和江蘺依舊面無表情，只是靜靜看著他。

很快地，林七的表情由痛苦變為大笑。「你們不上當呢，沒意思。」

兩人理都沒理他，默默走進海中世界。

林七「嘖」了一聲，撇撇嘴小聲嘟囔：「真無聊。」

海中世界十分奇妙，走在裡面是一種形容不上來的感覺。他們在這裡不僅能夠自然呼吸、能夠腳踏實「水」，甚至還能一躍而上，在裡面游動，彷彿進入了一個完全受自己控制的幻想海洋一般。

四人來到了博物館館長面前。

館長看著他們，笑著說：「很高興你們能夠來到這裡。在接下來的一段時間，將由我來帶領你們參觀我的博物館。請各位看看，這是我的得意之作。」館長轉身看向被布幕遮擋的人魚，眼中充滿嚮往與神聖，彷彿那是他的神明一般。「是不是很美？」

人魚的影子在布幕之下靈動活躍，悅耳的旋律不斷從中傳出，但言晃卻覺得不太對勁，於是問：「館長，為什麼不揭開布幕呢？」

館長沉默了片刻，微笑著轉身看向言晃。「因為它們還只是半成品，而半成品是不完美的，結構還不足以稱為自然，沒辦法成為世界真正的一部分。要知道，美妙的藝術，是連世界都會感嘆、讚美、容納於自身的，而半成品；對世界、對我、對觀眾，都是不負責的行為。所以，我為它們覆上布幕，遮住它們……」館長的眼底露出期待。「等到它們終於能完美融入世界的時候，所有人都會驚嘆它們的美，被它們所震懾。」

他嘴角上揚，被純白布條覆蓋的身體好像是塊移動的畫布，是一個還未被塗抹上顏色的純白世界。

眾人聽著他的這番話，心中想法各異，卻不露聲色。

言晃更加認真地觀察起館長，十分好奇他身上的白布之下是什麼，剛剛好像看見，緊貼在館長身上的一處布料有著不規則的律動。

他又聽見館長在嘀咕：「不過，很快就會完成了。不，今夜一定會完成。你們、我們、博物館裡的一切，都會成為美麗世界誕生的見證者！」

他輕輕笑著，在這海洋世界中，沉醉於自己的夢幻。

林七打量那個巨大的玻璃罩，趁著館長沉浸在自己的思緒，直接走到了玻璃罩的旁邊，蹲在地上，一隻手拉著布幕，好奇地問：「館長，聽了你的話，我對你口中的半成品好好奇啊，半成品到底是什麼樣子？」

他一邊說著，一邊在眾人驚訝的目光下用力一扯，速度之快，連館長與林娜都沒回過神來。只聽「嘩啦」一聲，布幕便被他扯下了半個人高的一小塊。

言晃和江蘿對館長口中的半成品也很好奇，趁這個機會，想要快速看一眼。

或許是裡面的人魚也驚奇於突然出現的一個洞，曼妙的身影迅速朝著這邊靠近。與此同時，館長氣得渾身顫抖，原本就帶著無數聲線重疊的聲音在此刻更為駭人：「你們這群該死的褻瀆者！」隨著他暴怒的聲音響起，周圍的海洋世界也開始迅速順時針流動，很快便卷起了一個漩渦，緩緩增大的吸力似是要將這幾個褻瀆者全吸進去。

四人皆立刻做出抵抗姿態，奈何漩渦眼吸力實在驚人，原本能夠隨意行走的海洋世界此刻也變得無比沉重，限制了他們的能力。

最後，他們在水中被卷起，朝著漩渦翻轉而去。

林娜在翻轉中還不忘對著林七破口大罵：「林七！你想害死我嗎？」林七卻不以為意。「對不起嘛！看來，我只好結束這個副本啦。」說完，他睜大了雙眼。

他眼中的世界與所有人都不一樣，他看不見世界的顏色，也看不見世界的形態，只能看見一個又一個黑白灰的粒子構成一個個靈魂的形狀。

所有人的靈魂都是怪物，在怪物們的交會之中吞噬彼此。

他的世界不存在美，只有人們醜陋又自私的欲望。他將其稱之為「念」。

面前這個館長的「念」是他看過最複雜的「念」，一個身體中有無數狂暴的野獸在吶喊，野獸們的臉上各有表情，而無一例外的是，牠們憤怒於布幕被毀。海水似乎在這時失去了對他的控制，讓他能夠迅速在海水中移動著，眨眼之間，他便來到了言晃身前。

「欺詐者，借個踏板，這個副本饒你一命。」說完，雙腿便朝著言晃蹬去。

言晃及時雙手防禦在前，但還是被林七一腳踹出好遠，他沒有過多想法，只是看著林七猶如離弦之箭般飛快射出、召喚出「罪惡的大劍」，朝著館長刺去。

聽說塔羅的人大多都是直接幹掉副本裡的「神」，並且因為擁有特殊道具，每一次擊殺後都能達成ＴＥ線，進而封鎖副本。也不知道醫生現在會不會使用這個道具。不過，如果館長真的被殺，林七的下一個目標就是他——為了獲得新人王，林七不會讓言晃活著離開副本。

就在林七距離館長越來越近時，言晃意外發現館長的一隻手此刻放到布幕上，纖細的枝條從白色衣服下鑽出，順著手臂悄悄縫補被林七撕裂的地方。

言晃目光一凜，江蘿的聲音在腦海裡出現：「言晃，看來這次新人王與你無緣了。」

言晃穩住自己快要被沖掉的眼鏡。「沒那麼簡單，館長沒那麼容易死。」

江蘿疑惑萬分，雖說現在副本的等級被上調到了Ｅ＋級別，但持有「罪惡的大劍」

的林七，力量屬性可是破了10點，要斬殺館長不算難事。

江蘿看著那邊。「可是現在林七已經殺死館長了。」

「他會『重塑』的。」言晃輕聲說。

此刻，林七也察覺到了危機，迅速後退。不料，周圍的水彷彿通了人性般，眨眼之間便下降了水位。林七本來是漂在水中，如今海水下降，他一時反應不及，和其他三人一起掉在了地上。

「怎麼回事？」江蘿快速從地上爬了起來，還好下面是沙灘，不是硬木板。

「林七！」林娜大吼一聲，心裡再次埋怨林七的衝動。

言晃和江蘿看過去，才發現原來水不是消失了，而是集合起來，化作了細細的水鞭，將林七牢牢綁起。此時的林七瞪大了眼睛，面色扭曲，似乎正在承受巨大的痛苦。

言晃和江蘿對視一眼，連忙轉身想要逃離。林娜眼珠一轉，也跟了上去。三人不過跑了兩步，便見無數水鞭布成了天羅地網，阻攔在他們面前，將他們的退路牢牢封鎖。

言晃試探性地用手指碰了一下，在接觸水鞭的一瞬間，手指便流了血。

江蘿與林娜見狀，不敢再往前一步。

「我們該怎麼辦？」林娜左右看了看，神色焦急地問。

江蘿沒理她，言晃則是往後看了一眼，正好看到水鞭絞殺林七的場景。

言晃不禁吞了一口口水，江蘿注意到言晃的異常，也轉過身看館長，林娜見兩人都轉了身，也跟著轉了過去。

此時館長已經重新站起，脖頸處長出了枝條，待枝條散去後，臉孔又露了出來，浮起笑容。「各位不要害怕，我只是想給你們一個小小的懲戒而已，希望你們不要擅自破壞我的作品。如此不美妙地終結生命，對生命而言是極大的侮辱。」他微微欠身，帶著幾分歉意。「是我失禮了。」

這般嚴重的致命傷竟然在眨眼間就恢復，毫無疑問這位館長的能力足夠強大。言晃眼波一瞥，發現之前被撕開的布幕，如今已經恢復成原本的模樣。

看來是他低估挑戰類副本了！

林七看著上方，露出一個招牌笑容。「哇，好痛啊！」

館長有些出乎意料地歪頭看向他。

他的「眼」一直在觀察著所有人，所以才能找到合適的人並發出邀請函。在車上時，林娜跟江蘿都有吸引他的潛力，唯獨這個林七，他是真的看不懂，而無法看清內心的人，是不適合成為藝術品的——藝術品，需要有明確具體的表達。所以他才將邀請函給了林娜與江蘿二人。

只是現在，他對這男人感興趣了。

林七喊了一聲：「林娜，幫幫忙，我現在好難受啊！」

林娜臉色不太好，畢竟這也不是什麼好看的畫面，但她不能拒絕，只能僵著身子，忽視林七嘰嘰喳喳的聲音過去幫他。

林七的傷口開始以肉眼可見的速度恢復，片刻後，便從地上站了起來，動了動脖子和手腕，長嘆一聲：「還是這樣子舒服啊！」

館長見到這一幕，眼前一亮。

能夠控制細胞能力的林七，可以自由改變形態的美人林娜，還有擁有巨大控制中樞腦袋的江蘿……沒想到，真是沒想到啊，他多少年來的心願，終於可以在今天實現了！

此時此刻，館長整個人興奮到顫抖不止。

第十一章　目標是你

言晃精準捕捉到這位館長用看寶物般的眼神在其他三人身上掃了一遍。他微微垂頭，不讓眼中的深思被人看見。

館長剛剛說過：「如此不美妙地終結生命，對生命而言是極大的侮辱。」對館長而言，什麼樣的生命才能被美妙地終結？

現在他從館長的眼神中知道了。林七他們三個，就是館長需要「美妙終結」的生命。所以，館長不會輕易殺死這三個人，他會為他們安排一個完美的結局，綻放屬於他們的藝術之花。

而他是目前四人中，唯一沒有引起館長注意的，所以他最安全。

他篤定了這點，於是帶著溫和的笑容，緩緩走到館長面前鞠了一躬。「館長，我為不成器的同伴冒犯了你而十分抱歉，還請您寬恕他，也寬恕我們的失禮。剛剛我們只是被您驚世駭俗的創作吸引住了，請您給我們更多機會，欣賞您的作品。」

館長微微一挑眉，似乎因為言晃的話而心情愉悅了不少。

面前這個男人是被博物館的工作人員邀請而來的，聽說是在小鎮進行了一場偉大的行為藝術，而他同意的原因，則是因為昨晚樹人陷入的那場幻境，令他對那個道具感到好奇。不過那個道具似乎是用精神力控制的，對他而言有些雞肋，而且道具的主人也沒有什麼價值。他抬高目光，在其他三人身上看了看，為了能夠製作出狀態最好的成品，姑且給他們一些機會好了。

「這是當然。藝術是包容的，需要知音。」他微笑回應，似乎不再介意林七剛剛的行為。「一點小小的不愉快，並不能擾亂了我們的同好之心，我們依舊能夠擁有一次美妙的藝術之旅。」

他答應了。言晃嘴角翹起，推了推眼鏡。那就請你，一起入局吧。

言晃朝著東邊指了指，帶著幾分好奇和恭敬。「我剛才在那邊聞到了一股香味，請問我能去那邊看看嗎？」

這時，江蘿也跳了出來。只見她滿臉委屈，可憐兮兮地晃動著言晃的手，指了指西邊。「言晃，人家想去那邊，我剛剛看見那邊有寶石的光，好漂亮！」

「不行，我大妳小，妳要聽我的，先去東邊。」

「我不！我爸爸要你好好照顧我，我要去西邊！」她一邊說，一邊倒在地上左滾滾右滾滾，開始耍起小性子。

言晃也冷哼一聲：「要去妳自己去。」

江蘿委屈地大哭起來。「嗚嗚嗚嗚，你欺負我！我要找警察把你抓起來！」

一旁的林娜和林七看到這場面，一時陷入沉默。尤其是林娜，身為一個專業演員，這兩位的拙劣表演讓她忍不住抽了抽嘴角。

這是在鬧什麼？

一旁的館長似乎想到了什麼，眼中帶出笑意，溫柔地低下頭對江蘿說：「如果妳一個人去那邊的話也可以哦，能被我邀請來的各位，我都十分信任。」

江蘿立刻跳起來。「我沒問題！」

言晃也說：「我也沒問題，我對她很放心。」

館長十分滿意這個結論。「正好，我為各位前來參觀的朋友們準備了一個很有意思的小遊戲。原本想說等到晚上再進行，不過看樣子，現在正好合適。」

「什麼樣的遊戲？」言晃有些好奇，江蘿也認真地看著館長。

「我在博物館的四個地方藏了四份不同的信物，如果各位能夠找到這四份信物，那就會成為我和為了幻想博物館的朋友，同時也就擁有自由離開博物館的資格。諸位如果不介意的話，可以兵分四路去找。我呢，會一直待在這裡，努力在入夜之前完成人魚的創作。我相信，在你們找到四份信物回到這裡時，就能看見人魚的完成品了。當然，若是在翌日太陽升起之前沒有找到信物的話，那就請永遠陪我留在幻想博物館吧。」

四人在聽到「自由出入博物館」這點時，神情都變得嚴肅起來。他們心裡很清楚，這個怪物不會輕易死亡，目前最保險的通關方式，就是不和他硬碰硬。不過在聽到可以分開後，林娜還是十分開心，館長一說完，她便率先開口：「既然如此，那就分開走吧！」

林七可憐兮兮地看著林娜，只是那雙瞇起的眸子配著這樣的神情，只讓人覺得毛骨悚然。

「林娜，我不想和妳分開。我們還是一起吧？」

林娜巴不得離林七遠點，聞言毫不猶豫地拒絕了他。「不了，還是快點找到信物，離開這個地方吧。」說完，她便朝著北邊走去。

言晃站在原地，思索著剛剛館長的話。離開博物館……離開的到底是這個博物館，還是副本？

林七看著林娜離去的背影，表情瞬間變得無比平靜，或許是覺得無聊，他甚至還打了一個哈欠，然後看向言晃。「欺詐者，我們一起唄？我好怕啊。」

言晃收回思緒，對著他勾唇一笑，直接轉身朝著東邊而去。

「不用了，跟你在一起，換我害怕。」

最後林七的目光落在了江蘿身上。

江蘿被他看得心裡發毛，甚至不用天賦推算就知道，跟這人一起絕不會有什麼好結果。她雙手合十說：「別跟我走，我還是小孩子，好人不會欺負小孩子。」說完，撒腿就往西跑。

林七沒有繼續糾纏，而是嗤笑一聲。好人嗎？但他不是好人，當然，也不是壞人。他只是一個平平常常、普普通通的「正常人」。

林七看向館長。「館長，這種時候我是不是應該表現出煩躁呢？」

館長被林七這個問題問住了，差點沒反應過來，不過很快就穩住了神情，依舊保持著神祕的微笑。「沒有該不該，各花自有各人賞，如果無人欣賞，那便孤芳自賞，這就是藝術家的世界。」

林七雙手插口袋。「說得也是。」朝著南邊走去。

走到大門處時，林七停下腳步，轉身盯著那位館長。「我不是花，我是人，一個正常人。館長可不能毀了我的花，不然我會生氣的。」

他的花，是從他出生後見過的第一抹豔麗。為了他的花，他從零七變成了林七，縱然很久沒有看見那朵花盛開，但他相信，遲早有一天能再見到。

那是他在精神病院裡，在大銀幕中看到的，獨屬於人世間的美。

是他一直都在追求的美。

館長聽了林七這番話沉默許久，最後露出笑容。「我很欣賞你，所以我會給你的花一次機會。我不主動找她，但如果她不小心遇見了我，那……」他沒把話說完，但館長知道林七心裡已經明白。因為林七在撕開布幕的那一刻，早已看到所謂的「半成品」人魚是什麼樣。

林七燦然一笑。「館長，你真是個好人。」

林七走出大門之後，館長抬起頭，看著布幕之下的倩影。

「我一定會在今夜把你完成。我會親手打造出最完美的世界，即使所有人都不理解我……但，不被理解的藝術太多了，我會讓所有人都慢慢知道，我會讓我們的世界成為主流。」

說完，他的目光便朝著林娜選擇的方向看去，眸中閃過一道精光。

因為林七的特殊性，他奈何不了林七，所以他必須遵守約定，不主動去找林娜。但若是林娜主動找了自己……那就不算違約，而距離北邊通道最近的，就是那個人了。

言晃慢慢地在走廊裡前進，腦中正用精神橋樑和江蘿溝通。

「你為什麼要讓我們分開行動？」江蘿有些不解。

是的，四人分開的計畫正是言晃透過精神橋樑告訴江蘿，要她配合自己。

「館長邀請的人，一定是他需要的人，剛剛他的眼神告訴我，他現在對妳、林七和林娜最感興趣。你們會成為他作品的原材料，跟其他失蹤的人一模一樣。」

江蘿一驚。「所以，你引導他分開我們是為了……」

「讓他替我們殺掉林七和林娜！」

「你有沒有考慮過，我也可能會被館長殺掉？」

言晃輕笑一聲。「嗯。」

「什麼意思?!」江蘿被這不在意的態度惹惱了。

「放心，三分之一的機率，還輪不到妳，妳可以自己推算一下。」

江蘿氣得直翻白眼，不過她也不慌。「算了，他應該會去找林娜，我比起林娜還算安全。」

言晃立刻察覺到江蘿語氣裡的絕對。「為什麼？」

江蘿壞壞一笑。「你沒看到人魚長什麼樣吧？」

「妳看到了？」言晃確實沒有看到。在他的視線瞥過去的剎那，館長便發怒了，他只能收回視線，全力抵抗著漩渦的吸力。

「看到了，沒看清。」

言晃有些無言。「那為什麼這麼確定館長會先去找林娜？」

「因為我拍到了啊！」江蘿傲嬌的語氣在腦海內響起。「我傳給你，若是你也看到了人魚的模樣，就知道我為什麼這麼肯定了。」

這麼一說，言晃立刻想起了江蘿的能力。身為最強電腦，江蘿的雙眼可以像攝影鏡頭一樣，將畫面變成一張圖片存在腦子裡，但這種能力的副作用就是會讓她經常頭痛，所以言晃並不羨慕。

言晃很快便收到了照片。那是潛藏在明藍色海洋裡的一抹身影，修長漂亮的魚尾光滑美麗，在水中呈現出一種優美的扭動弧度，彷彿一位舞者。

牠的下半身，是如此的完美，而牠的上半身，卻讓人頭皮發麻。

腰部以上，毫無皮肉，皆為白骨，濃密的金色頭髮之下，是異於常人的可怖模樣。

而此刻，牠面對著這塊殘破的布幕，一隻手指輕輕撫摸在唇邊。如果牠們是正常人類的話，一定是疑惑的表情，畢竟一直以來處在這樣世界的牠們，應該會好奇一切新的事物。

言晃看著這張人魚照片，總算明白為什麼館長叫牠們「半成品」，更明白了江蘿為什麼會說林娜的處境更加危險。

傳說中，人魚身姿曼妙，容貌絕世，海上的水手會被牠們的歌聲吸引，靠近牠們，然後被牠們的美貌勾得魂牽夢縈。

現在館長的人魚什麼都有，唯獨缺少了一張——美人皮。

林娜的美是無懈可擊的，是最完美的美。她的美不在於她現在是什麼長相，而是她能隨時變成任何人喜歡的模樣——她的皮、她的骨、她的聲音、她的一切。

如果人魚一定要在今晚完成，那麼，只要套上林娜那一身完美的美人皮就行。

言晃笑了笑。「這樣說來，妳的確是安全了。」

江蘿輕哼一聲：「那當然。」

兩人沒有再多聊，打算趁現在館長的注意力還在林娜身上快點找到信物。

言晃沉默地漫步在走廊，這裡完全不像剛剛進入幻想博物館時的場景，而是跟普通的博物館沒什麼兩樣。光影時刻變換著，兩側牆上掛了很多漂亮又充滿韻味的藝術品，每一份獨特藝術品之下都會標注創作者——幻想博物館館長。

作者下方也會有藝術品的文字，只不過這些文字沒什麼太大的意義，因為它們只是「成分」——有非生物成分，也有生物成分。

從一開始的花草、螞蟻，再到兔子……一層一層往上遞進，最後是人。

言晃看見掛在牆壁上的心臟標本，作品名為《永生》。

他冷笑一聲，的確如酒館裡的人告訴他那般，一旦一個畫面被賦予了「名字」，它就成了「藝術」。

言晃在走廊走了許久，途中還看到很多通往不同方向的走廊，他並沒有踏進去，只是堅定不移地向著東方。

走著走著，言晃忽然看見了一扇門，門上寫著「天馬行空」四個字，上面還有劃痕，像是寫錯了要劃掉那般。

言晃眉頭微微一皺，這是他看到的唯一一扇門，想了想，還是伸出手轉開了面前的把手。

門打開的一瞬間，言晃便為面前的畫面折服。

與外面走廊的風格完全不同，這裡就像是剛見到館長時周圍全是海洋那種介於夢幻與現實之間的感覺，差別在於，此處被溫暖的暖光籠罩，處處充滿了生機。

言晃似乎是被迷惑了那般，緩緩抬腳，走進門內。在他身後，門自動關上，逐漸消失。

言晃站在原地，耳邊有溪流聲、有風聲，眼中有藍天白雲、翠綠的草地、潺潺溪流，風景之美，彷彿讓人置身於天堂，頃刻間便放鬆下來。

忽地，有馬蹄聲響起，吸引了言晃的注意力。

言晃轉過頭去，視野中出現了一群純白色的馬……準確來說，只是類似於馬，因為牠們還擁有一雙純白無瑕的翅膀，在牠們的頭頂上，長著一隻漂亮的角，閃爍著明亮的光芒。

牠們低著頭，優雅從容地在草地上吃著草，似乎是注意到言晃的目光，牠們抬起了頭，看向言晃。言晃這才注意到，牠們的眼眸竟猶如鑽石般閃亮。

下一瞬，那群夢幻的天馬便拍打著翅膀，像是要迎接客人似地朝著言晃飛來。

這樣的畫面讓人難以置信。

言晃幾乎不受控制地想要擁抱牠們，牠們也順從地低下頭，將自己的角對準了言晃——要刺穿他的心臟，讓他沉醉於這份美好而死。

尖銳的角即將刺入言晃，但言晃的刀更快地切下了牠們頭頂的角。

一隻又一隻。

每一隻角從獨角獸身上離開之時，都會立刻失去光芒。與此同時，這個世界的光芒，也會變得暗淡一些。

漸漸地，房間變得灰暗起來，呼吸間全是腥臭氣味。

言晃面前不再有潔白漂亮的獨角獸，而是一匹又一匹被血沾滿、瘦弱到能看清骨形的小馬。

牠們的頭頂有一處不正常的凸起小包，如果將地上的角放上去，會發現大小完全吻合。小馬們的眼睛毫無神采，嘴邊也沒有翠綠的草汁，而是大面積的髒汙，散發著腥味。牠們怯怯地縮在角落裡，顫抖著身軀，四肢跪在地上，不敢再繼續攻擊言晃，也不敢多看他一眼。

言晃重新打量起周圍的環境。原來這裡骯髒不堪，布滿了各式各樣的生物殘渣，小馬身上也是十分汙濁，瘦骨嶙峋的模樣在發抖時讓人覺得牠們隨時可能會裂開。

言晃突然明白牠們為什麼會被一扇門封鎖住了。

因為牠們是「失敗品」。

作為「失敗品」還苟活著的牠們，只能改變自己的進食能力，在這昏暗的房間裡，成為了怪物。

言晃抓起之前切下的角，角的資訊更新了。

道具：獨角獸之角

品質：E－

屬性：使人進入美夢狀態

道具介紹：幻想博物館館長是個無庸置疑的天才，他擁有拉枯摧朽的力量，鬼斧神工的技藝，製作出來一個又一個屬於夢幻的美好世界，儘管這一切是建立在世人所恐懼、唾棄的廢墟之上。這是他忙碌了許久製作出來，能夠引誘人們進入夢幻世界的誘因，不過，牠們似乎沒能成為館長最後的選擇。

言晃盯著手中的「獨角獸之角」，心有餘悸。

若不是江毅留下來的「情緒之眼」，讓他看到那一群美麗的獨角獸飛來時痛苦的情緒，或許他就會中招了。

言晃表情複雜地看向那些小馬。

過於瘦弱的身體、顫顫巍巍的表情、嗚咽的悲鳴……牠們也不過只是一群可憐的「失敗品」罷了。

言晃走到牠們面前蹲下，伸出手，摸了摸面前的白馬。「痛嗎？」

白馬的頭朝著言晃的身體輕微拱了一下，似乎是有求於他。

言晃皺著眉，轉頭就看見背後牆上滿是血跡，還有一些被尖銳物品刺過的痕跡。

言晃問：「需要我給你們自由嗎？算是對傷害了你們的道歉。」

白馬們會被挑選成為獨角獸，自然是具備超高靈性的。牠們能夠聽懂言晃說的話，知道言晃想要幫助牠們，可是牠們搖了搖頭。

言晃有些疑惑，牠們身上痛苦的顏色仍然半分未褪，為什麼拒絕他的幫助？為什麼拒絕自由呢？

白馬們做出了一個讓他難以置信的舉動。

牠們全體匍匐在地上，把頭低得更厲害，低到脖子貼在地面，然後盡力伸長，好像是想要等待終結般發出輕輕的「嗚嗚」聲。

言晃心中一震，摸了摸距離他最近的一匹馬的腦袋，聲音帶著幾分小心翼翼：「你們是……想讓我殺了你們？」

這些馬不能口吐人言，所以發出了聲響，似乎是在肯定言晃的問題。

言晃的喉結上下一動，眼中諸多情緒一閃而過，看著牠們趴在原地的樣子，他卻覺得自己明白了許多。

不是所有生物都把自己的生命視為最高級，有折翼之鳥撞牆尋死，有看家老犬死前離別……這世界上有許許多多的生命，也有許許多多的行為，當他們失去了最重要的一部分時，也就失去了對生的渴求。例如面前這些失去自由、失去天性的馬。

言晃輕輕靠在馬匹身上，湊近牠的耳朵輕聲說：「願你來世，天馬行空。」說完，他便一刀刺入了白馬的心臟，終結了牠的痛苦。

周圍的馬匹閉上了眼睛，等待著屬於自己的終點。

言晃用同樣的方式，在這封閉的空間中，伴著腐臭的氣息，為一匹又一匹白馬送行。

直至最後一匹馬。

牠是這群馬中體型最小的，在言晃靠近牠的一瞬間，牠還輕輕蹭了蹭言晃的腿。言晃心下一軟，蹲下身，將牠的頭放到肩膀上，然後讓牠沒有痛苦地離開了這個世界。

感受著耳邊的呼吸越來越弱，直至消失，言晃的心情萬分沉重，但在沉重之餘，他卻覺得這樣的結局於牠們而言，未嘗不是一種解脫。

就在這時，他感覺靠在他肩膀的馬頭好像吐出了什麼冰涼的東西。他往後一摸，果然摸到一個特別的東西——刻著翅膀圖樣的四分之一塊金幣。

——恭喜玩家欺詐者獲得重要道具：獨角獸的信物。

重要道具：獨角獸的信物

品質：E

屬性：無

道具介紹：幻想博物館的館長為自己的四份得意之作畫上圖樣，在四份作品被淘汰時將其折斷。可是作為館長曾經最得意的作品，館長隨時準備再次啟動它們。

言晃萬萬沒想到自己竟然會在這種情況下得到信物。

果然每一次做好事，給他的回報都不會太差。

他將信物收好，將小馬妥善設置在地上，站起身說：「我該走了，晚安。」

門再次出現，就在言晃的手放在門把上那一刻，屋中散發出奇幻光芒。

他轉身一看，發現是那些扔在地上、被他一一切下的獨角獸的角在發光。他眉頭微微一擰，瞬間警惕起來。就在這時，原本混亂的光芒竟開始有規律地交錯起來。

——恭喜玩家欺詐者解鎖隱藏信息：獨角獸資料片。

混亂的光芒重新組成了一幅畫面。

畫面中，館長帶著自己製作的獨角獸，驕傲地在整個小鎮上遊行。然而小鎮的居民們表面上笑嘻嘻地讚美著，心裡卻噁心到想吐。

他們知道這些獨角獸並不是自然生長，而是由館長製作完成的。牠們潔白的翅膀是由一根根鳥毛製作；散發出奇異光芒的角，是犀牛角重塑製成，然後刺破白馬的頭骨，將角安在了上面。

他們的讚美讓館長滿心愉悅，可是很快地，館長便借助他的「眼」，聽見了所有的心聲。

「這算是什麼藝術？一股血腥味，難聞死了。」

「那個角直接鑽破了頭骨……想想就痛，館長真是太殘忍了！」

「聽說牠們還能讓人產生幻覺，真的好可怕啊！」

「今天是馬被這麼對待……以後呢？會不會變成我們？」

……

館長心疼地抱住獨角獸，整個人都變得失魂落魄，他輕輕撫摸著獨角獸的下巴，呢喃著：「他們怎麼能這麼詆毀你們呢？你們是我最優秀最得意的作品！不要傷心，不要傷心……成就藝術的道路上，總會有很多人不理解。他們只是太害怕了而已。等你們學會控制自己的角時，所有人都會喜愛你們、讚美你們……你們將成為世界上最美妙的生物。」

他完全沒注意到獨角獸們的眼睛彷彿一灘波瀾不驚的死水，儘管那些眼睛是如此閃亮美麗。

他依舊將獨角獸們帶出博物館，日日夜夜去鍛煉獨角獸們對自身能力的應用。

最後，他發現自己失敗了。

「果然，智力低下的生物是無法完成大業的，你們承擔不起改變世界的能力。」

他似乎非常失望，看著牠們的眼神裡再也沒了以往的驕傲與自豪，取而代之的是嫌惡與不滿。

「你們真是失敗的作品，我不允許自己有這樣的作品存在！」

於是，他拔掉了牠們身上的翅膀，將牠們放置在空房中。在他緩緩關上門的時候，那些重新成為「馬」的馬，始終站在房間裡，最後聽到的聲音是博物館館長的話：「我一定會創造出一個最美妙的世界！」漸漸地，光芒消散，所有畫面被清空，言晃面前只剩下提示面板。

——幻想博物館獨角獸資料片已播放完畢。

——簡介：牠們智慧不高，牠們不嚮往長出翅膀，牠們也不嚮往走進童話，牠們更不嚮往受人稱讚、尊敬……牠們嚮往的只是在草原上和其他的馬兒一樣自由奔跑。偷偷告訴你一個祕密，從來沒有人知道，被拋棄的牠們，一直都掌握著館長所期望的力量。

實況台的彈幕一一跳出：

「不知道為什麼，心情好複雜，突然好想哭。」

「自從看了這個副本實況，我才知道自己的淚點竟然這麼低。」

「好慘的小馬們啊！欺詐者做得不錯！」

言晃觀看完整個資料片，心情也十分複雜。只不過讓他更疑惑的是，館長想要創造的「最美妙的世界」，到底是什麼樣的世界？

透過觀察，他已發現館長的執念很深，並且對自己的「作品」要求很嚴格。他放棄獨角獸的原因是因為牠們沒有達到他的標準，沒辦法創造出他所嚮往的世界。

他嚮往的世界是什麼呢？等獨角獸學會控制自己的角？言晃想到了資料片中館長說過的話。難道是控制製造幻象的能力？如果是這樣的話，那一切都說得通了。

館長如此癡迷於人魚的製作，是因為他想利用人魚的歌聲創造一個新的世界。

可是，他想要的真的是幻境嗎？不，絕對不是，他想要的是一個真正「充滿藝術」的世界。而現在，他真的快要完成了。

言晃忽然想到了什麼，默默離開了房間。

這個資料片是小馬們送給他的一份謝禮，他收下了。

言晃原走出房間之後，本來斷掉的精神橋樑終於被一直鍥而不捨嘗試的江蘿重新連上。

言晃本想告訴她這次遇到的事情，但江蘿卻明顯比他更加著急。

「言晃，一直聯絡不上你是什麼原因我先不管了。我要說的是，剛剛我走到一個岔路口，看到那個館長了。我用了一次推算能力，發現他的目標不是林娜，是你！雖然不知道他到底想幹什麼，但你要千萬小心！」江蘿焦急地說。「喂，言晃，聽到了嗎？」

言晃看著面前的白袍人微微一笑，在腦海中回覆：「妳現在說，好像有點晚了。」

江蘿大驚。「怎麼了？難道……」

「是的，他已經找過來了。」

「言晃先生，沒想到你這麼快就拿到了信物，恭喜啊！」館長的表情格外友善，臉上的笑容也很真誠。「我知道你是個聰明人，現在你應該知道了我這個博物館很多事情，不過沒關係，我並不在意。我對你也挺感興趣的，尤其是你那份製造幻象的能力，雖然不是那麼完美，甚至還需要借助道具，但我還是想要瞭解一下呢。」

他一步一步朝著言晃靠近，不慌不忙，似乎言晃已經是他的囊中物，絕對無法逃離。

言晃微笑著默默後退，經過他的估算，若是與這位館長戰鬥，勝率大概不到10％，太低了。

若他選擇使用天賦讓這位館長不能傷害自己……不行，對這樣一個人物使用天賦，消耗太過巨大，還不一定能成功。

不對，想法陷入錯誤面了。若是他控制住館長，那就得獨自面對林七。如今在這幻想博物館內，館長和林七都要存在，才能相互制約。

言晃目光一轉，既然不能打，那就跑！

他直接轉身，邁開腿就衝刺。館長站在原地，氣定神閒，目光盯著奔跑起來的言晃，唇角勾起一絲詭異微笑。

霎時，博物館的牆壁忽然發生變化，原本精美的石英牆上出現了扭動的枝條，化作尖銳無比的形態朝言晃攻了過去。

言晃心頭一驚，在閃躲的同時低頭看了一眼手錶。

現在的時間竟然已經過了下午六點——日落之後，樹人復甦，擁有重塑能力的樹人將成為黑夜裡的主宰。

言晃心中一沉，看來他的猜測沒錯，館長就是個有著強烈自我意識的樹人。外面的樹人或許正是他的分支，也是他的「眼」，受他控制，所以才會攻擊人。這座幻想博物館，或許也是他的身體改造的。

言晃朝著前方拚命狂奔，不斷躲避枝條的攻擊，突然發現周圍的通道開始變得狹窄。

他眸光一冷，飛速思考對策。根據館內規則，若是館長本人破壞了牆上的「藝術品」，會有什麼樣的懲罰呢？

於是，言晃開始引導枝條往牆上掛著的「藝術品」撞擊，只可惜枝條的控制能力極強，準度亦然，每一次攻擊都能恰好在碰到牆上的「藝術品」時，即刻停止。

言晃得不到想要的測試結果，卻在這樣的追擊中發現了一件事——這位館長沒有要殺他的意思。

面前的道路雖然一直在變窄，但沒有影響到他的動作，更何況周圍全都是枝條，館長若真的想要抓他，哪裡需要這麼麻煩？每一次枝條都只是擦身而過，並沒有對他造成什麼實質的傷害。

言晃想了想，還是調整了一下自己的速度，然後發現自己快那些枝條也快，自己慢那些枝條也慢，這個結果讓他肯定了自己的想法。

既然不是要殺他，那館長這麼做的理由是什麼？

言晃看了看館長將他引去的方向，瞬間明白了館長想要做什麼。他們的猜測果然沒錯，館長的第一目標正是林娜，至於為什麼不直接找林娜……這不重要。

言晃勾起唇角，加快了自己的腳步，不過步伐卻越來越穩定。

大概過了幾分鐘，他身後的枝條便消失了。

言晃瞬間停下，拍了拍自己身上的灰塵，打算稍微休息一下。忽然，他聽見了一個熟悉的聲音。

「言晃，你怎麼在這裡？」

言晃聞聲看去，面前站了一個梳著雙馬尾的女孩。她穿著一件黑紫色的洛麗塔蓬裙，嘴裡咬著「舔一口就會變得幸福的棒棒糖」，一對細長的眉毛對著言晃輕輕一挑，格外得意。

「你怎麼跑到我這裡來了？」

「小蘿？」言晃眨眨眼，鬆了一口氣。「剛剛我進了一個房間，結果一進去就中了幻象，差點被裡面的獨角獸殺死，還好我跑得快，不然妳就見不到我了。」

江蘿哈哈大笑，毫不留情地嘲諷：「誰叫你整天騙人，現在中幻象了吧，丟臉哦。」

言晃實在哭笑不得，上前揉了揉江蘿的頭髮。「妳行妳去，還學會笑我了。」

江蘿眼中閃爍著代碼。「我去就我去，我剛剛推算了一下，那裡十有八九是其中一個信物的獲得地，你不要？」

言晃聳了聳肩。「要，但是小命更要緊。」

「你不要的話我自己去，告訴我位置。」江蘿將棒棒糖收回背包中。

言晃將位置與部分遭遇一五一十告訴了她，而後叮囑：「妳自己小心一點。」

江蘿輕哼一聲：「放心吧，沒問題。」說完，她便邁著自己的小短腿，朝言晃所指的方向跑了過去。

當她與言晃錯身而過，臉上露出了違和感極強的成熟笑容，眼底的激動更是難以遮掩。現在她手上已經有了一塊信物，再拿下一塊就有兩塊，只要她表現足夠優異，塔羅高層絕對會對她刮目相看，而她也會爬得更高，到達無人能夠欺辱她的位置！

第一個轉角之後，江蘿的身體變化了起來，開始變高變成熟，最後變成了一個有著一頭大波浪長髮的美人。

只是，美人臉上全都是刀刮開的痕跡，皮開肉綻，格外駭人。不過這樣恐怖的容貌並沒有持續太久，很快就恢復成一開始的美麗容顏。

「還挺像妳的。」言晃與江蘿一直保持著精神橋樑的溝通，臉上的笑意越來越深。

江蘿表示抗議：「胡說！我明明就是一個可愛又治癒人心的小天使，才不會隨意嘲諷人。」

「哦？」

江蘿立刻炸了。「你再『哦』一個試試看！」

言晃微微一笑，沒有回她，看向林娜離開的方向。

不得不說，這位演員的能力確實不錯。當她偽裝成江蘿站在他面前時，他完全沒有認出來。無論是容貌、氣質、說話的小習慣，甚至一些江蘿特有的小道具，都做到了完美復刻，還在他面前展現了屬於計算師的天賦。

還好他在看見林娜使用自己的天賦通過虹膜驗證時就有了警惕，預判這位演員或許會藉機扮演他們其中之一去欺騙另一個人。所以，他才讓江蘿一直保持著精神橋樑的溝通。

林娜的能力除了變化外表，應該也能夠得到些許基本資訊。

只可惜，副本怎麼會讓江蘿自身的天賦隱藏資訊暴露呢？那絕對會超出規則，遭到警告或反噬。

江蘿的天賦隱藏資訊有兩種：一是「電子具象化」，二是「超級電腦」。推算和精神橋樑的能力都屬於「超級電腦」這個天賦下的能力，但江蘿自始至終都沒有暴露自己擁有精神橋樑的能力。

這種能力看似弱小，只能有通訊作用。但對林娜的天賦來說，卻是絕對的剋星！

林娜獨自走在通道裡，手中把玩著一根長鞭。

她的實力並不差，準確來說，能夠加入公會塔羅的人，沒有誰會是副本裡的小角色。

只不過不算差，不代表就是好。

她的水準中規中矩，天賦在很多人眼中也幾乎是半廢的狀態，能夠在副本裡存活這麼久，很大一部分原因就是林七。

林七的性情雖然喜怒無常，但不可否認，他對林娜很特別。他或許會傷害林娜，但絕對不會讓林娜死，更不會讓任何人觸碰林娜的臉，包括他自己。很多玩家都說依附於林七就是她最好的歸宿，因為她這張臉讓林七足夠沉迷。

但她這輩子最恨的就是自己這張臉，這張臉給了她現在的一切，但也是這張臉毀了她的前半人生，她又怎麼可能重蹈覆轍，讓這張臉去掌控她往後的人生軌跡。

她的人生軌跡一定要牢牢掌握在自己手裡！

果然她在言晃所說的地方找到了獨角獸的房間，知道牠們的幻象是能夠讓言晃這樣智力屬性高達2的玩家中招，所以她更加不敢掉以輕心。

她的鞭子忽然長出尖刺，然後被狠狠地捆綁在手心。

她推開大門，將手掌按在臉上，血液流出，順著手臂往下，然而面前什麼事情也沒發生，只有一股噁心到令人作嘔的濃烈惡臭撲鼻而來。

還好她早已習慣了骯髒的臭味，所以這樣的惡臭並沒有讓她產生太大排斥。

她仔細觀察著房間。

房間內有好多匹白馬倒在地上，每一匹白馬額頭上都有猙獰的血色痕跡，能夠看到牠們的頭骨有極為突兀的裂痕。在牠們附近，散落著很多漂亮的角。

她第一反應便想到了獨角獸，但言晃剛才不是說他逃掉了嗎？這些死亡的獨角獸是怎麼回事？

「該死，被騙了！」

她後知後覺地想到，欺詐者竟然識破了她！以他的能力，在林七不在的情況下，他完全可以殺了她，沒必要引開她。為什麼他沒有跟她戰鬥，反而把她引了過來？

絕對不會有什麼好事！

林娜看過言晃的副本實況，斷定了這個結果，第一反應就是要快點離開這個地方。

她剛一轉身就撞到了一個人身上——冰冷的、僵硬的，不像人類的身體。她面色一僵，抬起頭，對上了館長的臉。

他充滿神聖的面龐上帶著迷人的笑容，渾身被雪白的白袍包裹住，如同一位祭司，低頭看著懷中的人。「美麗的小姐，許久不見，妳還是這般優雅漂亮。」

他的聲音很輕柔，卻像是從全身上下傳來那般，讓那原本同頻卻有著奇怪音色的聲音變得更加詭異。

林娜臉色一白，後背瞬間冒出冷汗。她好像知道言晃為什麼不殺她而是把她引來這裡了，因為他想借刀殺人。

「館長？你怎麼在這裡？」她的聲音有些發抖，卻盡力保持冷靜。

館長一隻手放在林娜下巴上。「我和一位跟我一樣擁有追求目標的男人做了個約定，絕對不會主動找妳，但現在妳主動找到了我，也不算我違約了吧？

「哦，瞧瞧你，多麼完美的皮囊，如此雪白、如此滑嫩，無論觸碰哪裡，都會讓人感嘆造物主的神奇，這是大自然的偏愛。」他的右手摸著林娜的臉，眼神癡迷中帶著瘋狂。「可是大自然怎麼能偏心呢？它應該公平對待每一個人，不該讓世界有美醜之分，也不該讓世界存在異類。然而，它總是不盡如人意，偏愛許多事物。就像火山沒有花草，海洋沒有人類，森林沒有烈焰……它總是那麼偏心，不願意將自己擁有的一切分享，讓美不再完美，讓許多生物不能共存，讓太陽不懂月光，讓人們——總是無法理解我。」

館長嗤笑一聲：「人們認為這是矛盾的。可是他們不知道，正是因為有了矛盾，所以才令打破矛盾本身變得更加有意義。就像《蒙娜麗莎的微笑》這等世界級的藝術品，在每一個人眼中，她的笑所代表的含義卻大不相同，有的人認為她的笑代表憤怒，有人認為代表溫婉，也有人認為代表妥協……一千個人眼中有一千種不同看法。矛盾，讓它成為了藝術！

「就例如妳，美麗的小姐，妳擁有如此完美的容顏，卻一次又一次地讓它充滿疤痕，這何嘗不是又一個令人遺憾的故事呢？」館長的手輕柔地撫摸著林娜的臉龐，彷彿在撫摸世界的珍寶，讓他情不自禁發出讚嘆。

林娜卻在他的最後一句話說完後，全身開始劇烈顫抖。

這個館長是第二個看出她皮囊下祕密的人。

她咬緊牙關，用力推開館長，怒喊著：「別碰我！」

館長微微一笑，順從地後退了半步，然後張開雙手，表現出擁抱的姿態。

「或許妳無法接受自己的不完美，但沒關係的，很快妳就會變成完美的一部分了。藝術，就是讓所有人的靈魂都得到尊重。我會彌補自然對妳所犯下的錯誤。」

林娜感到一股極為恐怖的氣息正在靠近，不假思索地立刻用自己的鞭子在地上一抽，巨大的反向衝擊力將她整個人彈飛起來。

她不要死！她要逃離這裡！

就在她飛到最高處時，無數柔軟的枝條精確無誤地纏繞住她的手腕腳踝，將她牢牢固定在半空中。

她掙扎著，卻動彈不得，只能眼睜睜看著館長踩著枝條搭成的階梯，朝著她一步步走來。

「你要幹什麼！給我滾開！」她害怕地大吼，心裡第一次渴求林七的到來。「別碰我！」

館長的手變成了尖銳的根部，刺穿了林娜的眉心。

「感謝妳為藝術的光榮獻身，美麗的林小姐。

「My Mermaid。」（我的美人魚）。

空蕩蕩的走廊裡，只剩一個氣若游絲、靠坐在牆壁的林娜。

人們都說面對死亡的時候，腦海中總會播放起自己最美好的記憶，但是林娜沒有絲毫回憶，只感到了解脫——

被美囚禁一生的解脫。

她的爸爸是個混帳，抽菸、喝酒、賭博、家暴，把好好一個家庭弄得支離破碎，而原本將她一直護在懷裡的母親，在父親一次次洩憤似地毆打之下，做了一頓好吃的飯菜給她後，悄悄離開了她。

那天之後，爸爸施暴的對象就變成了她。也是從那天後，她再也不敢穿上漂亮的小裙子，因為她怕讓其他人看到她的傷口，因為她怕沒有人會願意和她玩。

她的長相漂亮，性格溫和，在學校裡被大家當成小公主一樣圍著，他們天天都會陪她玩，送她零食吃。

她到現在都還記得那些零食的味道，甜甜的，是會讓人開心的味道。

她以為她能靠著這樣的開心一直活到自己也能逃走的那一天。

直到她十八歲的那一天——

她一如既往打開家門之後，卻發現家裡多了好幾個陌生的伯伯。爸爸在他們面前的樣子是她不曾見過的。他表現得又積極，又膽小，唯唯諾諾地為伯伯們倒水，熱情招呼著他們。

她記得很清楚，伯伯們在看到她的一瞬間，眼睛一下就亮了。

「這是你女兒？這麼漂亮？」

爸爸走了過來，第一次給了她一個擁抱，然後溫柔地對她說：「娜娜，我們的好日子終於要來了。」

她很驚喜，一雙眼睛發亮地問：「那媽媽也會回來陪我們一起嗎？」

爸爸沉默了一下。「會的，有錢了，她就會回來的。」

「好！」她答應了。

然後她便被人帶走了。

接下來，她的生活，暗無天日。

她沒有爸爸了。

後來，他們說她有罪，她的美就是她犯下的罪孽。

於是，她用他們留下的刀，一刀又一刀割在自己臉上——她把美貌還給了上天，祈求重獲新生。

然而，他們卻開始痛罵她、毆打她，因為她的行為讓這群沒用的男人失去了許多籌碼。「我們會恢復妳的容貌，只要我們還活著，妳就沒有機會逃出去。」

不久，他們修復了她的容貌，讓她站在了聚光燈閃耀的舞台上。

那束光照耀在身上格外溫暖，她看著舞台下無數人貪婪的目光，看著運轉的機器，然後她微笑著拿出了一把刀，重複了她上次做的事。

她試圖讓這被淤泥汙染的舞台開出一朵豔麗的花，可是，僅憑她一人的血是不夠的。於是，她衝下了舞台。

當子彈穿過她的身體時，她第一次感到了後悔——她不想死！她吃了那麼多苦，好不容易找到了自由，她不甘心就這樣死去！

好想逃出去啊！

好想把失去的一切都找回來！

好想活成一個沒有罪孽的普通人！

於是，演員林娜誕生了。

她在副本系統的光明下重獲新生，成為萬眾矚目的焦點，成為無數人愛慕的對象。

只是，她的願望從未實現。

她從未真正從那個房間逃離，皮囊之下的傷疤，一直都在提醒，她還在籠中。

所以，她要爬得更高，爬到所有人都不能再忽略她的位置，爬到再大、再堅硬的牢籠都無法囚禁她的位置。

而現在，她永遠失去了她的「美麗」，失去了自己的「罪孽」。可是，她的願望還沒實現……她不甘心就這麼死去！

只是不甘心又能怎樣？沒有人能救她，沒有人……

林娜的眼神越發灰敗，死亡的氣息籠罩在她身上，她緩緩閉上眼睛，默默等待著自己的末路。

「林娜。」熟悉又陌生的聲音在她耳邊響起。她猛地睜開了眼睛，面前站著的是兩個出乎她意料的人。

男人臉上掛著溫和的笑意，似乎沒有什麼事能讓他有任何波瀾。他身邊還有一個年輕小女孩，那是她嫉妒的對象——明明都是被拋棄的人，憑什麼她能擁有現在的生活？

「你是怎麼看出我的破綻的？」這是她一直想不明白的地方。要知道，在整個副本，除了林七，沒人能看出她的破綻。

言晃沒有多說什麼，只是用眼神示意江蘿。

江蘿點點頭，與林娜建立了精神橋樑，分享了細節。

「原來如此，原來如此！是我技不如人，活該有此劫難。」說著說著，林娜的聲音又低了下去。「明明還有很多事都沒做啊……」

言晃盯著她，一雙眼睛彷彿能看穿一切。「妳還想活下去嗎？」

「想又能如何？」她盯著面前的言晃，眼中早已沒了光芒。

她很清楚，此時唯一能夠救她的只有林七，但越是這種時候，她越是不想見到他。

她從來都不否認她厭惡、恐懼著林七，即便林七口口聲聲說愛她、喜歡她、會保護她，但他不過是她人生中的另一個囚籠。

他在闖過第一個副本後便被塔羅的高層招來麾下，因為能力特殊，被當成公會的下一任會長培養。而她被他一眼相中，成了他的隊友。他曾用最甜的笑容告訴她：「林娜，我很喜歡妳！為了妳，我把名字改成了林七。」

她原以為他是個可愛的孩子，是她的粉絲，後來才知道，他只是想在她身上找尋一種感覺。

於是，他無數次重塑她，將她變成各式各樣的形態，只為了找到他想要的那種感覺。直到最後，他也沒有找到。

然後他放棄了，就好像什麼都沒發生過一樣，繼續用著可愛的表情說愛她喜歡她，而她只覺得恐怖。

比起她，他才是真正的怪物！

就在這時，言晃慢慢踮起腳尖，湊近她的耳朵。

她能聽見他的一字一句，那短短的幾個字，顛覆了她所有認知。

她瞪大眼睛想要開口問他，卻見他往後退了幾步，雙眸微瞇，右手食指放在嘴邊「噓」了一聲。

「守好我們的祕密。」說完，言晃便離開了。

此時的林娜再也顧不上這些，她感受著自己的呼吸，完全不敢相信——她真的活了下來。

第十二章　藝術世界

才剛經過轉角，言晃整張臉便瞬間煞白。

江蘿拿走林娜的信物後，快步跟上了言晃的腳步，看他這副樣子，馬上扶住了他，兩人一起坐到了地上。

言晃笑著說：「妳太矮了。」

江蘿瞪著言晃說：「你的副作用比我的厲害多了。」

言晃笑了笑。「誰說不是呢？但妳的能力只是看見，而我的能力是改變，所以嚴重一些很正常。咳咳，能不能買一些可以恢復精神力的東西讓我補補？」

江蘿猶豫了片刻，默默將自己那根「舔一口就會變得幸福的棒棒糖」遞給言晃。

言晃一臉嫌棄加無語。

「我都沒嫌棄你！你愛吃不吃！」江蘿一邊說，一邊撇撇嘴，把自己的棒棒糖重新收回了背包。

言晃靠在牆上，藉著深呼吸緩解天賦帶來的難受。他覺得自己這次沒掉屬性已經是萬幸了。在第一個副本孵化之都時，他曾同時對好幾千人使用天賦，當時就已經體驗過天賦所帶來的劇烈反噬。這次他雖然只改變了一個人，但改變的程度太大，反噬只多不少。

他幾乎能夠肯定在標籤社會這個副本時，自己還完全做不到這種事。既然現在他做到了，也就證明他的天賦有很大的成長空間。

言晃深呼吸幾次。「休息休息就好，現在萬事俱備，只欠東風。」

江蘿抿著唇，沒好氣地輕哼一聲，最後還是在系統商城裡買了一些恢復精神力的藥劑給言晃。

這種藥劑非常貴，雖然效果極好，卻是單次性的。

江蘿十分心疼自己的積分。「你要是這次再失誤，我絕對不會放過你！」

言晃無奈一笑。

事實上，他們等的東風到底能不能像江蘿之前推算的那般行動還不好說，但既然江蘿推算了好幾次都是這個結果，十之八九是跑不了。不過為了以防萬一，言晃並不打算離開現在的位置——他要守株待兔，以靜制動。

他現在很清楚，在夜晚樹人重新具備活力的時間裡，整個博物館乃至整個小鎮，館長都是無敵的，所以他們待在什麼地方都沒差別。而且作為一個儀式感極強的男人，館長現在應該還在進行最後的「創作」，也沒心力到他們這裡來。只是當人魚的歌聲重新響起時，他們就得害怕一下了。在此之前，他們暫時很安全。

言晃與江蘿靜靜等待著他們要等的人。

他們擔心會被反偵察，不敢使用「全視角探測」的相關道具。大概過了十幾分鐘，他們等的人出現了——林七終於與奄奄一息的林娜相遇。

當林娜看到林七的時候，眼中閃過一道光，急不可耐地說：「林七，快加速我皮膚細胞的重生。現在的你，應該能做到吧？」

林七盯著林娜許久，然後抬起手，指著林娜的臉大笑。「哈哈哈，妳怎麼變成這個樣子了？我都說不要跟我單獨分開，而且我也叫館長不要主動去找妳了，妳怎麼還會變成這樣啊？妳也太笨了吧！要知道，在這個副本裡，像妳這樣的大美人可是很危險的。」

林娜一如既往地滿臉嫌棄，咬著牙。「差不多可以了，快點幫我重生我的細胞。」

林七沉默了很久。

林娜看著他，語氣中多了幾分不耐。「好了別磨蹭了，你快點。我們等一下還要去找信物，這一次我真的被欺詐者他們害慘了，他們把我的信物拿走了。」

林七低著頭看她，聽她抱怨著。忽然，他伸出手捏住了她的下巴，眼裡滿是興奮，感覺自己的心跳開始加速，嘴角情不自禁地揚起。「林娜，我找到了！」

「什麼？」林娜一時間沒有反應過來。

「妳太棒了，我就知道妳不會讓我失望的！」林七沒有回答她，只是用瘋狂又癡迷的眼神看著她。「終於找到了，終於找到了……」他將自己的額頭抵在林娜的額頭上。「真是太棒了，林娜！」

在林七的眼中，皮囊沒有美醜之分，有的只是瀰漫著血色霧氣與腥臭氣味的，一個又一個掙扎咆哮的怪物。

他抬頭望去，看不見所謂的藍天，也看不見所謂的日月星辰，看見的只有灰暗扭曲的畫面。

他曾以為是自己眼睛的問題，於是毀去了自己的左眼，想看看世界會不會變得不一樣——然而並沒有什麼不同，所有人在他面前都藏不住自己的本相。

或許是見到了太多的醜陋欲望，在他把自己的眼睛毀去之後，就被父母送到了精神病院。他們告訴他，過段時間就會來接他，然而他從一開始就知道，他們不會再回來。

「美好」這兩個字，似乎從來沒有降臨在他身上。直到四年前，他坐在電視機前，看見了螢幕裡的一個人。

那個人飾演的角色被她的老闆一巴掌狠狠搧在了地上，半張臉都腫了起來。就在這時，這張臉在他的眼中發生了變化——不再是醜陋的怪物，也不是寡淡的顏色，而是與所有人都不一樣的鮮亮顏色。

她的一顰一笑，緩緩在他的眼中綻放。這是他第一次看到了美，也是他第一次覺得自己像個正常人。

他要抓住她。

後來，他知道了她的名字：林娜。而他沒有名字，只有每個精神病患者都有的代號，屬於他的代號是「零七」。

零七……林娜……林七，從此以後，我就叫林七好了。他愉快地為自己改了一個新的名字。

他經常會用一些方法逃離精神病院，醫院裡的醫生和護理師誰都不知道他離開過，更不會知道他是怎麼離開的。而他之所以離開，是因為想親眼用僅剩一隻的眼睛，看看震撼了他的人生的美。

但當他親眼看到她後，發現她又變得跟其他人一模一樣——骯髒、醜陋、腥臭十足。他很憤怒，因為她沒有珍惜她的美，不過沒關係，他會幫她找回來的。只有這樣，他才能再次體驗那種只屬於人的感受，這才是他一直活下去的目標。

他也想看一看書中描繪的蔚藍天空，他也想擁有正常人眼中的五彩世界，他需要去證明自己並非異類。

神明為他帶來了不同的世界，一定是希望他能夠治療這個扭曲的世界。

所以他成為了「醫生」，擁有改變生命形態力量的醫生。

「四年，整整四年，我終於找到了妳！林娜，妳真的好美。」他睜大了眼睛，用僅剩的一隻眼死死看著眼前的人。

在他眼中，她還是像當年那樣出淤泥而不染，美得不可方物。

林娜被他這種狀態嚇到了，此時的她完全沒了剛剛的盛氣凌人，顫抖著聲音說：「你……你別過來。」

林七從來都是這樣，他不在乎她的身體，不在乎她的一切，他只要她的美。但她根本不知道林七在她身上想要尋找的「美」到底是什麼。而此刻，林七卻突然對著失去皮囊的她說，她的美回來了……毛骨悚然的感覺遍布全身，可是她已經沒了退路。

林七的手輕輕撫摸著林娜的面頰，小心翼翼地說：「妳不要變回去了，好不好？這輩子就這樣好不好？妳放心，我會一直陪妳的。」

林娜本來還有幾分畏懼，聽到這話心裡瞬間急得發瘋。她好不容易有了一次活過來的機會，林七卻突然轉變了態度，難道那該死的「美」就是這副模樣嗎？但是她從來沒有以這種狼狽姿態出現在任何鏡頭下。

她連連搖頭，淚水墜落在地，暈開了地上的血色。「不好！我不要變成這樣！林七，你救救我好不好？你先冷靜冷靜行不行？算我求你了……」

林七黑著臉。「妳又想回到以前那樣？不，我不會給妳這個機會！妳是我在這個世界唯一的顏色……我會讓妳永遠保留這份美！」

林娜背後發涼，心跳加速，她覺得林七要做一件對自己而言極為危險的事。她想要逃跑，想要後退，可是這種狀態下的自己，連挪動一步都有問題。

就在這時，她覺得胸口一痛，視線緩緩下移，她終於確定了自己的結局。

當結果已經無法改變的時候，一切恐懼都會煙消雲散。

「哈哈哈哈哈！林七，你還是對我動手了。」她眼中淚水滾燙，盯著面前的男人，生平第一次變得大膽無懼，伸手摸上了林七的臉，嘴角輕輕蠕動著。「林七，我不知道你想要的到底是什麼。但我知道，你這輩子，都不會得到。你這樣的人，根本不配擁有『美』。」

「閉嘴！」林七情緒失控地吼叫著。

而這情形林娜再也看不到了，她眼中已失去了生氣。時間一分一秒過去，林七也逐漸平靜下來。

「林娜，妳是我的。」突然，林七喃喃地說。語畢，他竟然直接利用自身天賦將林娜融入了自己的身體裡。

在轉角處目睹一切的言晁和江蘺頭皮發麻。

江蘺透過精神橋樑對言晁說：「我一直都知道醫生不是個正常人，沒想到我還是低估他了。」

「妳說得對。」

言晁猜測，林七追尋的「美」並不是外表的美麗，而是一種能帶給他精神刺激的場面。畢竟林七病歷上的診斷結果是「妄想症」，他的世界究竟是怎樣，無人知曉。而現在唯一能夠知道的，便是言晁從「情緒之眼」中看到他在完成自己心願後的愉悅。

到目前為止，一切，都在計畫之中。

江蘺問：「接下來怎麼辦？如果我沒猜錯，林七已經拿到了最後一份信物，按你說的那個方式殺他太不保險了……你確定你的能力做得到？」

言晁點點頭。「妳放心。」

江蘺沒再多說什麼。「好，你心裡有數就好，總歸我們兩個是一隊的。」

言晁揉了揉江蘺的腦袋。「走吧，時間差不多了，館長那邊應該已將人魚製作完成。

他想要的新的世界，要來了。」

江蘿輕輕「嗯」了一聲，將自己的信物交給了言晃。

她的信物圖樣是在煉獄裡掙扎的天使。天使失去了下半身，掙扎著伸長雙臂向上，他們抬著頭，似乎是在嚮往著藍天、嚮往著自由。

言晃將自己的信物和林娜的信物也拿了出來，再將手中的三塊信物拼在一起，距離一個完整的圓只差最後的四分之一。

江蘿好奇地看著這三塊信物上的圖案。「翅膀、在煉獄中掙扎的天使、人首蛇身的怪物……言晃，這些圖案是不是有什麼意義？」

言晃看著這些圖樣沉思片刻，眉頭微微蹙起，還未開口，耳邊卻傳來了動聽的歌聲。

歌聲美妙又悠揚，比起之前聽到的更加空靈，音調也更高亢，彷彿一秒就能讓人沉醉在某種奇妙的夢境裡。

言晃和江蘿二人同時發現走廊裡所有稀奇古怪的藝術品都發生了變化。封在畫框裡的生物們睜開了緊閉的雙眸，開始在畫中起舞；被吊著的人偶張開了嘴巴，跟著人魚的歌聲開始輕聲哼唱；放置在架子上的動物裝飾品也有了生命，從架子上一躍而下，開始在地上奔跑；牆上掛著的畫像變了表情，似是在笑，又似是在譏諷。

博物館所有地方都慢慢長出了枝幹，緩緩將周圍的一切覆蓋。兩根枝幹纏上了言晃和江蘿的雙腳，或細或粗的枝條一圈一圈將迷失在歌聲裡的兩人卷到了空中。

言晃只覺得渾身上下冰冷又舒適。他睜開眼睛，看到了一棵參天大樹，樹幹上長滿了各式各樣的臉，或睜著眼睛，或雙眸緊閉，或淺淺微笑，或面無表情……而在正中間的，便是館長的臉。

突然間，言晃身上散發出蒲公英的氣息，接著一道巨大的身影伸出雙臂，將他整個人覆蓋住。下一瞬，蒲公英的氣味猛然散開，如同看不見的利劍般將一切虛幻擊碎，讓言晃瞬間清醒過來。

言晃轉頭看向謝扶沐的虛影，謝扶沐微微一笑，消失在原地。言晃深吸一口氣，集中精神，確保自己不會再被幻象繼續侵蝕後，才開始打量起現在的情況。

與剛剛的夢幻場面截然不同的是，博物館的每一處都已被巨樹的枝葉纏繞著，牆壁不再是牆壁，而是巨樹的樹皮，樹皮的每一處，都有一張臉。博物館內所有的「藝術品」都彷彿長在了樹上一般。

言晃側目而望，發現了不遠處的江蘿，她的身體正在以肉眼可見的速度由下往上木化著，而木化後的部分正被纏繞著她的樹幹吞噬。言晃又低頭看了看自己，同樣如此。一旁的林七也沒有逃脫。

言晃的神經緊繃起來，毫不猶豫地拿出「家庭和睦之刀」，刺入纏繞著自己的枝幹，但沒想到，他的刀如今竟然根本無法切斷樹枝。

言晃不再糾結，直接放棄切樹枝，將刀刺向了不遠處的林七。林七被疼痛喚醒，猛然睜開了眼睛，看向言晃。

言晃直接開門見山。「最後階段開始了，人魚被植入了皮囊，歌聲讓所有人陷入幻境，我們都在悄無聲息之中進入了館長的幻想世界。館長是樹人，最後我們都會成為他的養分。只有我能通關，若你想通關，就要救我。」

林七冷笑一聲，手中召喚出「罪惡的大劍」，右手一揮，直接將捆綁著自己的枝條切斷。脫離了枝條纏繞的身體逐漸恢復成了原來的樣子，林七便一躍而起，跳到了綁著言晃的樹幹之上，將劍刃貼在了言晃的脖子上。

「欺詐者，你為什麼認為我會救你？我可是巴不得你死！」林七微笑著湊近言晃。「如果我現在殺掉你，你也會變成它身上的一張臉吧？然後你就會成為它的一部分，靈魂永遠被禁錮在這座小鎮之中。」

言晃微笑著，甚至神情也沒有發生一絲變化，心中卻是一沉。看來林七知道了館長的身分與追求。

原來，言晃早就發現館長從來都不是一個人，而是無數個人。他說的每句話，也是無數個人同時說出的。

最美妙的世界是什麼樣的？

環境良好、食物充足、沒有天敵，但從生物學上來說，這種世界並不存在。理想中的世界，只是所謂的虛幻模型。因為每個物種都是特殊的，每個人都是不同的，想要竭盡所能達成理想模型，只有兩條路：一條是改變世界，一條是改變自己。

變成樹人形態的館長，用根和葉包裹著整個城市，不斷適應世界、改變自己，於是便擁有了「重塑」與「能量轉換」的能力。

而現在，他開始改變世界，讓所有人包括他自己都進入美好的夢裡，成為他理想世界的一部分。

言晃突然想起了在「獨角獸資料片」裡館長說的那句「成就藝術的道路上，總會有很多人不理解。」為什麼會不理解？因為人與人之間的不同——是思想。但是，當思想被統一，當世界只有唯一的準則，不理解便不復存在。

這便是館長追求的終極藝術品——《世界》。他即「世界」，他即「規則」，他即「一切」。

似乎是察覺到了言晃的恍神，林七有些不滿地「嘖」了一聲，用劍在言晃脖子輕輕摩擦，劍刃鋒利，微微刺破了言晃的皮膚，血液順著刀身流出，也喚回了言晃的神志。

林七的笑容更加燦爛。「其實我也要感謝你，如果不是你，我也看不到林娜最美的模樣。但感謝歸感謝，你還是不能活。」

言晃一愣，眼睛微瞇，他沒想到林七竟然知道林娜的現狀是他一手策畫的。

「你很好奇我是怎麼知道的？」林七看穿了言晃的想法，慢慢地解釋：「其實我原本沒有猜到，不過館長答應過我不會主動找林娜，而最後他還是成功得到了他想要的美人皮。林娜去的是北邊，相鄰的只有我跟你，館長跟我對戰過，知道我並不怕他，所以作為誘餌的話，你是最適合的。」林七輕笑著說：「欺詐者，你為我做了那麼多，我真的很感動。所以，我可以讓你自己選擇死法哦。」

「好啊，你耳朵過來，我小聲告訴你。」言晃臉上露出溫和的笑容。只不過，此時他的半張臉已經變成了樹的質感，所以這笑容顯得格外陰森。

林七低下頭，一隻手放在耳朵旁，湊近言晃的嘴巴，聽聽言晃到底想要什麼死法。

言晃嘴皮動了動，聲音很輕：「林七會救我跟江蘿。」

——謊言判定為對立性事件，判定成功。

——結果：受作用者林七將會救言晃與江蘿。

一瞬間，林七瞪大了眼睛，身體完全不受控制地朝著面前困鎖著言晃與江蘿的枝條切去。

在枝條切斷的一瞬間，言晃身上的木化停滯，開始褪去，身體也逐漸恢復成原本的樣子。在確定自己可以行動的第一時間後，他撲向江蘿，一把將她抱在懷裡，右手一個用力，在她手臂上狠狠掐了一把。江蘿睜開眼睛，卻見一把鋒利的長劍迎面而來。

原來「謊言」的作用已經失效，林七一臉陰沉地揮著長劍攻向言晃。

「啊——這什麼情況啊！」

「躲進去！」言晃將懷中的江蘿一推，同時高聲喊了一句。

這話沒頭沒尾，但是江蘿立刻明白了他的意思，沒有半分猶豫地將「絕對光滑的倉鼠球」從背包中拿了出來，躲了進去。

言晃避開了林七的攻擊後，直接一個旋身，二話不說對著倉鼠球就是一腳，倉鼠球被他踢飛，呈拋物線形落地。言晃身疾如風，避過林七的長劍，朝著倉鼠球翻滾的方向跑去。

林七眉眼彎彎，似乎並不在意言晃從自己劍下逃脫。「還真是麻煩的天賦呢。不過我記得，你的天賦副作用好像還挺大的？你還能堅持使用幾次呢？」

他的身上長出骨刺，藉著周圍混亂的樹枝為著力點，向言晃的方向慢悠悠追去。沒錯，林七並不急著追上言晃，他享受的是這種追逐獵物的感覺，這會讓他產生興奮感，讓他覺得自己像一個「正常人」。

言晃似乎察覺到了他的想法，在拉開一定距離後，便保持著不快不慢的奔跑速度，一邊靈活地穿梭在飛速生長中的樹枝裡，一邊往前控制著倉鼠球的前進方向。

他的目標很明確，就是幻想博物館的大廳。

不過，球裡的江蘿實在是忍不了那種天旋地轉的眩暈感，直接在腦海裡叫言晃別管她，自己邁開腿在球裡跑。

言晃趁機拿出「唐鑫的新書」，上面已多了兩份全新的訊息。

幻想博物館——小世界樹

力量：10

敏捷：0

智力：4

天賦：同化、重塑、能量轉換

同化：當你沉溺於幻象之時，你的思想將會被小世界樹同化，成為新世界的一員。

重塑：細胞增殖分化能力大漲，能夠在短時間內快速改變細胞形態。

能量轉換：作為自然界中的生產者，我們不生產能量，只是能量的搬運工。

介紹：大世界中的每個人，心裡都有一個小世界。有的人順應大世界，有的人違背大世界，有的人在大世界裡生根發芽，卻逃不過被人踐踏、折斷……後來，小樹苗變成了尖銳的刺，貫穿踐踏之人的腳掌。如果不能被大世界接受，那麼就讓我成為新的大世界！

幻想博物館——人魚
力量：1
敏捷：2
智力：2
天賦：幻想之聲
幻想之聲：傳說中最動聽的歌聲，傳播範圍可達方圓二十公里。凡是聽到歌聲者，皆會進入「迷惑」狀態。智力越高，受影響程度越低。
介紹：幻想博物館館長的最完美之作，擁有著無庸置疑的美麗與魅力。當人魚的歌聲響起時，每一個聽到歌聲的人都會進入屬於自己的溫柔鄉，至死方休。

言晃收起「唐鑫的新書」，看著周圍的環境，整個博物館已經殘破不堪，不過它原本就不是真正的建築，或者說整個小鎮，都早已被產生自我意識的小世界樹吞噬。

在它來到這個小鎮後，用自己的本體建造了幻想博物館，而自己則搖身一變，成了幻想博物館的館長。它在這裡宣揚自己的藝術，卻發現自己不被他們理解，於是它利用樹木的根侵蝕這個小鎮，一步一步將整個小鎮與自己的本體融合。

它以小鎮為基礎，以人魚的歌聲為武器，終於創造出自己所期望的美妙世界。

言晃覺得，這個副本的「神」，或許是小鎮中每一個掙扎著求生的生命體，是他們的祈願，構成了這個副本。

但此刻容不得他再多想，因為林七馬上就要追上來了。不過他也不是真的拿林七沒有辦法。

言晃大聲高喊：「檢舉！這裡有人破壞偉大的藝術品！」

話音剛落，周圍的樹幹上突然出現了很多的臉，就像在幻象中看到的那樣，只不過現在這些臉上全都露出了統一、恐怖的表情。下一瞬，所有樹根都朝著林七襲去。

言晃冷笑一聲，繼續奔跑。對這位館長而言，他自己就是最大的藝術品。

林七的天賦固然可怕，但攻擊他的樹根、枝幹、枝條實在太多，往往攔得下這邊攔不住那邊，過高的攻擊頻率讓他的細胞重組速度越來越慢，越來越難以控制。漸漸地，他的身體素質和能力值都開始明顯下降，連頭髮也開始泛白。

細胞週期被無限加速了。他心裡有些煩躁，對言晃的怨氣更重，但現在也只能咬牙堅持，心裡不斷安慰自己：只要我能夠控制住，只要熬過這個副本，我很快就能恢復。

「該死的欺詐者！」

言晃和江蘿一進入博物館大廳，就看到了一棵粗壯無比，占滿了整個大廳的樹幹。和在幻境中看到的一樣，樹幹的上面長著無數張臉，表情更是各不相同，而在最中心也是最顯眼的地方，是館長的臉。

「歡迎回到大廳，我尊貴的客人。」館長微笑看著他們。「人魚已經製作完成，各位客人意下如何？」

幾條被枝條捆綁的人魚出現在他們面前。此時的人魚雙眸無神，本來十分漂亮的魚尾現在幾乎已被完全木化，牠們渾渾噩噩地張著嘴，被小世界樹控制著，嘴裡不斷傳出美妙歌聲。

言晃掃了一眼後，彬彬有禮地向面前的館長特意說：「館長，這簡直就是奇蹟，你是最完美的藝術家！在我看來，你才是最偉大的藝術品，也是最偉大的奇蹟。」

身為金牌銷售員，言晃在任何場合都不會膽怯。

館長聽得很開心，眯眼盯著言晃。「想近距離看一看嗎？」

「如果可以的話。」言晃滿臉驚喜。

「當然，難得有如此有品味的客人，我想我們可以成為很好的朋友。」

「這是我的榮幸。」言晃受寵若驚。

館長伸出枝條，捆綁住言晃的腰，將他送到了人魚們面前。「牠們實在是太美了！」

言晃毫不吝嗇自己的讚美。

館長聽得心裡十分舒服。

就在這時，言晃拿出「家庭和睦之刀」，一刀劃過，歌聲戛然而止。在歌聲停下的一瞬間，言晃看到館長的臉上露出了憤怒又痛恨的表情，他的眼眸陡然明亮，彷彿在一瞬間清醒過來。

只可惜，這種清醒沒有維持太久，因為人魚的歌聲再一次出現了——牠們脖頸處的傷口在小世界樹的重塑能力下迅速癒合。牠們的歌聲依舊悅耳動聽，而距離牠們最近的言晃幾乎是在剎那間便感覺到自己的腦海裡浮現迷幻的畫面，若不是提前有了準備，大概現在的他已經徹底沉醉其中了。

他咬著牙使用「謊言」為自己施加狀態，保持清醒，目光從未從館長臉上移開。然後他發現，館長重新聽到歌聲後差不多兩、三秒後，臉上才有了短暫的混沌與癡迷。

言晃露出笑意，心裡斷定館長的完美世界不在樹上，更不在樹外，而是與其他人一樣，在人魚營造的夢幻之中。他還沒有徹底完成自己的「作品」，他還需要依賴這種夢幻讓自己得到滿足。

言晃看著他臉上的陶醉，忍不住冷笑一聲。還真是一個瘋魔的「藝術家」啊！

館長在經歷短暫的混沌之後，重新恢復了神志，譏笑地看著言晃。「我的客人，你真是太讓我失望了！我的作品早已成了我的一部分，它們無法被摧毀。」

言晃臉上露出溫和的笑容，壞掉的眼鏡忽然脫落。「我知道，作為你的知己，我一直都知道，我的館長朋友。」

一道灰白色的影子飛來，言晃腦袋一偏。「罪惡的大劍」直接刺穿了他身後人魚們的脖頸。

館長表情一頓，隨即輕蔑地一笑。「這就是你的方法嗎？不過是重蹈覆轍罷了，我的知己。」

然而下一秒，他的臉色卻變了。

言晃眼中的笑意不再收斂，如同一位完美的紳士般開口說：「看來你已經發現，你的重塑能力無法發揮作用了。」

林七是言晃最大的威脅，「罪惡的大劍」又是他最強的武器，言晃怎麼能不做功課。

道具：罪惡的大劍

品質：E＋

屬性：力量＋5，詛咒＋1，禁療＋1

禁療：劍上附有怨靈無數，皆為劍下亡魂。它們怨念沖天，不願見此劍下有任何倖存之人。只要被此劍所傷，其傷勢不可恢復。

道具介紹：這是一把充滿罪孽與怨氣的劍，是醫生用他所殺之人的脊椎煉製而成。

剛剛發生的一切都是言晃的計畫。

言晃深知樹人重塑的能力有多麼可怕，他也明白只憑自己一定無法勝過館長，所以藉口要近距離看一看人魚，然後將其殺死。一來是為了試探這些人魚在館長的控制下是否會被重塑，二來是為了惹怒館長，讓館長將他綁起。根據他對林七能力的估算，這時恰好是林七逃脫那些樹枝圍攻、趕來這裡的時候。

面對讓他陷入苦戰的人，林七絕對會被憤怒控制，手下不會留情，所以他絕對會在看到自己的第一眼進行攻擊，至於他的攻擊方式——經過江蘺的多次推算，林七將手中的劍擲出的可能性高達99.9%。

言晃微微一笑，他正好借林七的這一擊，將人魚殺死。

人魚的歌聲停止，美好的幻境在一剎那破碎，人們的精神回歸自我，還未完全和小世界樹融合的人們開始在樹裡掙扎尖叫。

館長陷入絕望，他所嚮往的一切正一點一點破碎、崩壞著。

「不！不該這樣，不能這樣！我好不容易才等到這一天，等到所有人都進入新世界的這一天！」他露出崩潰的神情，周圍的樹枝、枝條開始瘋狂搖晃。

在成功的咫尺之距失敗，猶如天譴般將他從天上劈落在地。館長失去了所有理智，將言晃狠狠朝地上砸去。

江蘺眼疾手快，眼中出現代碼，從倉鼠球中脫離，推算出言晃掉落的位置後，將手中的倉鼠球丟了出去。

言晃被關入倉鼠球之中，在落地的瞬間被江蘺捉住，然後她連忙將言晃再從球裡放了出來。

周圍的枝條群魔亂舞，彷彿是想要修復那漸漸消失的夢幻場景。

一旁的林七深知自己被欺詐者利用，如今滿頭白髮的他因為長時間使用天賦，產生了極高的副作用，導致屬性值降到了匪夷所思的地步。此刻，他的面部衰老程度和身體素質都已經變成了七、八十歲。

「瘋子……」

看著此時的場景，林七第一次覺得言晃是一個比他還要瘋的瘋子。他咬緊牙關，朝著「罪惡的大劍」墜落的方向跑去，一路上不得不繼續使用天賦來躲避障礙。

館長還在不斷哀號，連帶著身體上所有的臉一起號叫，聲音響徹整個空間。

言晃與江蘺兩人此時默默將手一起放在「幻象模擬器」上。兩人咬緊牙關，放出自己最大的精神力。

館長停下了揮舞的枝條，驚愕地看著面前的情景——它的世界回來了！

這樣逼真的幻象，哪怕是言晃和江蘺兩個人一起製造，都難以支撐太久。

很快地，在館長眼中，這美好的景象彷彿一張畫布忽然被人撕開那般，又開始再度破碎。即將再次經歷失去的館長再也抑制不住心底的瘋狂。

「不，不！我不會再讓你破碎了……」

「為什麼我的世界不能成為新世界？

「如果保不住的話，那就，永遠停在最美的時刻好了！」

館長似乎是做了什麼決定，所有的樹枝不再舞動，全都朝著最頂部的方向收攏，然後一點一點地，變成一棵真正的參天大樹。

言晃無數次想過要如何對付這樣一個可怕的樹人——水火不侵，偏執又瘋狂。萬物相生相剋的原理，在它身上根本沒有用。它的存在，可以說違背了世界本來的法則。後來言晃聽到了館長的低語，心中才漸漸有了答案。

館長渴望的美妙世界是沒有天敵存在、眾生和諧相處的世界，但它並不是無敵的。身為一棵樹，它懼怕火焰，為了克服這個弱點，它獲得了「重塑」的能力。

道路兩側的樹人是館長的分支，被館長的意識所操控。當面對火焰時，館長會在第一時間重塑自己的細胞，火焰燃燒多久，館長便將重塑的時間維持多久——火焰終會熄滅，可是細胞會一直重塑，只要細胞一直重塑，樹人便不會死亡。

所以一開始，言晃放火燒它們，卻未對它們造成傷害。

但如今，它所創造的美妙世界再一次在它的眼中崩塌，心灰意冷的它放棄了重塑的能力，選擇點燃自我，將這美好的藝術，永遠停留在最美好的時刻。

伴隨著「幻象模擬器」生成的完美世界的消逝，小世界樹也將吸取了多年的能量轉化成了一把火。

火焰從樹頂開始燃燒，以肉眼可見的速度，在黎明之前將整片黑暗的天空染成紅色，有如在慶祝藝術家的表演完美落幕。

在炙熱的火焰之中，精神力幾乎耗盡的言晃牽著同樣狼狽的江蘺，朝著外面的世界跑去。炙熱的溫度扭曲了空氣，言晃和江蘺的身影在烈焰中飛舞，直到太陽自東方再次射出初晨的第一道光，將兩人的身影無限拉長。

迎著陽光，言晃和江蘺緩緩停下了奔跑的腳步，整個城鎮已經破敗不堪，火焰以幻想博物館為中心開始向四周蔓延。

而在此刻，一道蒼老的身影出現在兩人面前。

林七將手中的大劍插入土地，以此支撐著自己逐漸無力的身軀，臉上的笑容難看到了極點。「欺詐者，你果然很強。我在你們的身上，也發現了美。」

言晃看著面前蒼老的林七，臉上緩緩露出笑容。「你口中的美，指的是掙脫嗎？」

如果說現在的他們和林娜有什麼共同處的話，那就只有這個——林娜從囚籠中掙脫，他與江蘺從副本中掙脫。

林七此時彷彿也意識到了自己想要的到底是什麼，那是在擺脫束縛的瞬間，一種名為「掙脫」的情緒。

他需要這份情緒證明他掙脫「精神病」這個身分，掙脫他與正常人的不同。

「你很聰明。」林七笑著，手上握緊了劍，朝言晃一步步走來。

言晃和江蘺兩個人也不急，等著林七慢慢靠近。在副本崩壞之前，他們需要拿到林七手裡的信物。

其實言晃一直都很好奇，這個副本真的是無神副本嗎？這類副本真的無法達成ＴＥ線嗎？在進入這個副本後，他就一直在分析。

幻想博物館這個副本一定有人斬殺過博物館館長，然而副本並沒有封鎖，這表示幻想博物館ＴＥ線的達成條件絕不是斬殺館長。

剛開始他聽到館長說「憑四份信物可自由離開幻想博物館」後，也曾懷疑過「離開幻想博物館」到底是單純地離開這個博物館，還是離開副本？後來將手中的三份信物合併到一起，看著各個信物上的不同圖案，以及自己在副本中的經歷，他突然明白了這四份信物的作用，以及達成ＴＥ線的辦法。

「你們不逃了嗎？」

言晃聳了聳肩。「逃累了，我和小蘿的狀態已經到極限。」

林七陰惻惻地笑了笑。「好吧，說實話我也累了。你們很值得成為我的對手，這是我進入副本以來，第一次被逼到這種狀態。」

他舉起自己的「罪惡的大劍」，朝兩人毫不猶豫地揮了過去。「所以，再見了。」

就在劍刃即將觸及兩人脖頸之時，林七的身體卻猛然一顫，手中的長劍掉在地上，他的雙腿似乎也失去了力氣，直接癱坐在原地。

言晃臉上依舊帶著溫和的笑容，徐徐地拿出一副全新的眼鏡架在自己的鼻梁上，微微挑眉。「其實，在你提到之前，林娜差點就死了。」

林七的身體一僵。

言晃一點點靠近林七，輕笑著。「是我用我的天賦救了她，你猜，我對她下的謊言，是什麼？」

林七的身體此刻已經無法動彈，表情卻有些扭曲。「不可能，林娜明明已經死了！」

言晃勾唇一笑。

林七的面容更加扭曲，突然間，他開始哈哈大笑，笑聲中透露著瘋狂。「哈哈哈哈，林七，原來有朝一日，你也會上我的當啊！」

林七面色一沉，表情格外難看。「妳不可能活下來的。」

下一瞬，林七又變了一副表情，冷笑說：「能騙過你的我，如今的確可以稱得上是一名好演員了。你知道嗎？在你成為下一任會長候選人之前，我才是最有可能成為下任會長的人。自從你來了之後，所有人都把我的天賦當作你的天賦的弱化版。我的天賦的確不及你，畢竟你可以直接改變基因，而我卻不行。不過，你太傲慢了，雖然你知道我能控制自己的高矮胖醜，卻不曾想過，我其實還可以控制細胞，進而存活在你的大腦之中。

「你的大腦本身就有問題，所以一直沒發現我的存在。」他的語氣帶了幾分得意。「而我也在一直破壞你的大腦。所以，你活不久了，林七！」

「原來是這樣啊！林娜，其實妳真的很美，比一切都美。林娜，妳知道嗎？我第一次想要活下去，就是因為看到了妳。」重新奪回身體控制權的林七輕聲說。

林七表情再次變化，聲音顫抖著：「能在落幕之前把你帶走，也不錯。」

林七的臉上突然揚起一抹單純的笑容，雙眼瞇起，彎成了月牙的形狀，就像林娜第一次看到他時的那樣。

他問言晃：「欺詐者，我能知道你給林娜的謊言是什麼嗎？」

言晃忽然覺得這兩個人很可憐，一個拚命掙脫囚困自己的牢籠，一個拚命想要像正常人一樣擁有感情，感受世界的美好。

但如今，結局已定。

「我說，布幕不落，演員不死。」一個優秀的演員，從來不會在帷幕落下之前離場，因為優秀的演員必須完成自己的表演。

「原來如此啊！」他長嘆一聲，慢慢從地上爬起，轉過身，背對著言晃，一瘸一拐地朝火海走去。

他的細胞因短時間內不斷修復而變得超過負荷，開始紊亂。剛走了兩步，他便「撲通」一聲跪在地上，連站起來的力氣都沒了。

他索性直接躺平，看著上方的天空，沉默片刻才問：「言晃，天亮了嗎？」

這是他第一次喊出言晃的名字。

「嗯，天亮了。」

林七伸出右手，朝著天空抓去，卻怎麼也抓不到。他忽然露出一個天真的傻笑，眼淚從眼尾劃過。「藍色，到底是什麼樣的呢？」

他的話說完，身體僵硬在了那裡，而他的手，始終沒有放下。

實況間的觀眾們一陣沉寂。

「醫生就這麼死了？」

「這個副本完全超乎想像……」

「醫生和演員都死了，塔羅怎麼辦啊？高層候選人一下沒了兩個……」

「塔羅會不會邀請欺詐者加入？」

林七死後，他的身體被林娜掌控。她站起身，支撐著林七的身體走進火焰之中。

她在火焰中燦笑著，一如既往明媚亮麗，彷彿還是那個在鏡頭前豔冠四方的大明星，只是氣數將盡。「舞台落幕了，感謝觀看。」她微微鞠躬，對言晃致上最真誠的感謝。

火焰在她的背後雀躍，逐漸將她包裹、吞噬，直至消失不見。

江蘿看著這一幕，抿了抿唇，不知道該說些什麼。言晃嘆了口氣，蹲下身，拿起了林七遺落在地上的最後一枚信物——剩下的四分之一塊金幣，上面刻著陰暗壓抑的惡鬼纏身圖。在它旁邊，還有林七的劍。

言晃剛要伸手拿起那把劍，江蘿馬上擋住了他。「小心。」

「沒事的。」言晃握住劍柄，把劍拿了起來。「醫生已經死了。」說完，便見劍上的黑氣開始四散。

在最後一縷黑氣散盡後。「罪惡的大劍」的資訊也發生了變化。

道具：救贖大劍

品質：C－

屬性：力量＋3，詛咒＋1，禁療＋1

道具介紹：無辜的亡魂終於得到安撫，暗無天日的囚禁終於迎來曙光。

「救贖大劍」的力量屬性雖然降到了3，品質卻得到了提升，變成了C－，而這把大劍，現在也有了新的主人。

這時，地上突然又多了一個道具，言晃想拿起來看看，卻發現上面有一層護盾拒絕他的觸碰。

他立刻就明白了。「小蘿，這是她送你的。」

江蘿眨了眨眼睛。「誰？送我什麼？」

言晃說：「林娜，妳自己看吧。」

江蘿果然能撿起那禮物。

特殊一次性道具：理想的禮物

品質：E＋

屬性：三維屬性其一任意＋1.5

道具介紹：來自一名優秀演員的禮物，表達對妳的感謝。

江蘿與言晃對視一眼，開心地笑了起來，立刻將道具用在了自己的敏捷屬性上。

她看著自己的面板資料，興奮地握起小拳頭，笑著對言晃說：「哈哈！逃命的本錢有了！」

玩家：計算師——江蘿

天賦信息：作為一名天才小學生，每天都要被迫接受無數人崇拜的目光，可那又能怎麼辦呢？誰要妳那麼優秀！妳對電子產品擁有天生的直覺力，或者……妳就是最強的電腦。

天賦隱藏信息1：自身以外不可見。

天賦隱藏信息2：自身以外不可見。

力量：2.2

敏捷：3.7

智慧：1.9

所屬公會：無

綜合評價：恭喜妳，以後不需要倉鼠球了。

江蘿看到最後的綜合評價，臉色一黑，咬牙切齒地快速關上了自己的面板。

言晃忍俊不禁，江蘿右手握拳，砸在他的背上。「笑什麼笑！」

言晃咳了兩聲，快點轉移話題。「這個副本，我們可以走ＴＥ線。」

江蘿不解地眨了眨眼睛。「ＴＥ線？我記得幻想博物館沒有ＴＥ線啊！」

言晃輕笑了一聲。「是嗎？但願望總有實現的一天。」

「什麼意思？這個副本不是無神的嗎？難道……」江蘿突然捂住了自己的嘴。

「沒錯，」言晃看著手中的四份信物。「這個副本，有神。」

說完，言晃將手中的信物合在一起，一個拼湊起來的圓形金幣出現在他的手中。陌生的力量湧入他的大腦，言晃明白此時自己已經掌握自由離開幻想博物館的能力——不只是自由出入博物館，還有這個副本本身。

可是，言晃並沒有選擇離開，只是垂眸看著手中的金幣。

金幣被均勻分成了四份，每一份上面都有著不同的圖案——翅膀、在煉獄中掙扎的天使、人首蛇身的怪物、惡鬼纏身。

「妳不是問過我這些不同的圖案代表什麼嗎？」言晃溫柔地說：「它們代表著在館長的壓迫下依舊努力求生的生物，有人類也有動物。」他垂下眸子，呢喃著：「恭喜你們，獲得了自由。」

隨著他的話音落下，圓形金幣逐漸融合成了一個完整的圓形，接著不斷有白光流出。每一道白光，都是一個生物的靈魂——有飛禽、有走獸、有人魚、有獨角獸，還有人。

江蘿不敢置信地看著眼前這一幕。「這……這些是？」

「幻想博物館的『神』。」言晃看見了之前與他一起玩「死亡左輪」的光頭男人，也看到了小酒館裡第一位向他發出請求的男人。

男人此刻是半透明的，他看著言晃，表情是帶笑的，情緒是悲傷的。

漸漸地，這種情感傳遞給了周圍所有人。他們沒有開口，只是不約而同地抬高了自己的手臂，對著言晃和江蘿豎起大拇指。

此時無聲勝有聲。

忽然，獨角獸抬蹄，仰天長嘯。在這聲宛若鎮魂號角般的長嘯中，所有靈魂煙消雲散。虛空震碎，野火燒盡，言晃和江蘿面前只剩下一座平靜祥和的小鎮，蒼天巨木遮住了熾烈陽光，孩子們在陰影下嬉戲。

——恭喜玩家「欺詐者——言晃」「計算師——江蘿」成功通關幻想博物館TE線。

——實況關閉，現在進行結算！

——實況總人數：21244人；最高線上人數：16308人；實況總留存：77%；實況好評率：97%。

——副本難度：E+；副本探索度：99%；副本完成度：100%；副本表現力：SS；綜合評價：SS。

——獎勵：積分×50000，珍貴道具「小世界樹樹種」，稱號「藝術成就者」。
——剩餘總積分：331775分。

珍貴道具：小世界樹樹種
品質：未知
屬性：與天賦綁定後，令天賦隨之成長，若天賦本身具備成長潛力，則直接令天賦進階一階。
道具介紹：我有一個世界，與所有人都不同的世界。

稱號：藝術成就者
品質：E＋
屬性：力量＋1，敏捷＋1，智力＋0.2，同化抗性＋20％
稱號介紹：幻想博物館的終結者，藝術的成就者。藝術源於生活，而高於生活；藝術高於生活，但永不高於生命。

言晃看見「小世界樹樹種」時眼前一亮。他還是第一次看見珍貴品質的道具，這種道具一般是最稀有的成長類道具，無論到什麼階段都不會失效。

就他所知，目前已知的珍貴道具不超過十個。

他一時有些激動，也不知道江蘿有沒有這道具，到時候再問問吧。現在，該為副本打上屬於它的寄語了。

言晃毫不猶豫地說：「藝術或有謬誤，自然永不犯錯。」

實況間已經關閉，看到副本被封鎖的眾人只覺得十分驚訝。沒想到，這個副本真的有TE結局。

言晃叫了江蘿，想要一起退出副本，江蘿卻神祕地笑了笑。「退出副本？想得美。」

言晃有些疑惑。「為什麼不能退？」

江蘿哈哈大笑。「這可是你的封王賽。言晃，該去領獎了。」

她笑得格外猖狂，讓言晃有種不好的預感。果不其然，下一秒，一道洪亮的聲音迴響在大廳之中。

「萬眾期待，眾望所歸，恭喜玩家欺詐者獲得副本第一百期新人王冠軍，贏得新人王稱號！現在，讓我們有請第一百期新人王欺詐者上台領獎！」

言晃張大了眼睛，還沒反應過來，人就消失在原地。

遊戲大廳：新人王加冕

言晃被傳送到了一個黑漆漆的地方，四周靜得只能聽到他一個人的呼吸聲，不等他細想，聚光燈忽然亮起，緊接著一束強烈的光打在他身上，讓他抬起手擋在眼前，忍不住閉上了眼睛。

「第一百期新人王大賽終於落下帷幕！讓我們恭喜欺詐者言晃，榮獲第一！」

震耳的聲音從天上響起，隨後便是劈哩啪啦的掌聲。言晃眨了眨眼睛，在適應光線後，才放下了擋在眼睛前的右手，觀察起四周環境。

他此刻正處在一個巨大的四方舞台上，而他腳下踩的，是寫著「第一名」的頒獎台。台下座無虛席，人們都在熱烈地鼓掌，似是在為他送上最真摯的祝福。他還看到了坐在第四排正中間笑得合不攏嘴的江蘺。

他突然意識到，下方坐著的觀眾，全都是副本裡的玩家。

在第一排的最中央，也是距離舞台最近的地方，坐著一位時刻保持著威嚴、戴著王冠的金髮男人。他的手中握著一根權杖，正在認真打量著自己；而他身邊是一位戴著后冠的大美人，此刻也正用慈愛的目光看著自己。

所有人的目光都集中在自己身上，讓言晁有些不自在。

此時，天上的聲音再次傳出：「第一百期新人王大賽只有一位脫穎而出，簡直是聞所未聞！其中到底隱藏著怎樣的祕密呢？現在讓我們用熱烈掌聲，有請我們偉大的副本主持人——本子哥閃亮登場！」

言晁順著聲音傳來的方向抬頭看去，只見舞台的邊緣處，一道黑影猶如流星一般迅速墜落。

砰——！

半個人高的鐵皮胡桃夾子在降落之後，還不忘擺一個帥氣姿勢。

周圍沒有掌聲，但他絲毫不覺得尷尬，自顧自地站起，一邊向言晁走去，一邊說：「好了好了，本子哥當然明白你們對我的喜愛，但掌聲還請留給我們的第一名——欺詐者！」他說到後半句時，直接誇張地在地上劈了一個腿，雙手伸長，指向言晁。

周圍鴉雀無聲，觀眾們面無表情。

言晁忽然感覺自己的腳趾有些不受控制地蜷縮，想摳地。

好尷尬啊……不是說還有三個人嗎？那人呢？去哪裡了？是死在副本裡了，還是被林七殺了？

本子哥倒是依舊保持熱情似火的態度，雖然沒有得到回應，但是那鐵皮臉上的笑容也沒下去過。在言晃毫無準備的情況下，一躍而起，來到了他身旁，與他一起站在第一名的獎台上，抬高麥克風對準言晃。

「欺詐者，能不能告訴我們，第一百期新人王裡只有你一人登上頒獎台，你是怎麼做到的？方便分享一下嗎？不要藏私哦，我們副本可是最能表現團結和友愛的地方。」

言晃心生詫異。他如今的屬性不算低，但本子哥竟然能在他眼皮底下悄無聲息地靠近，此人不簡單啊！言晃臉上仍然保持著鎮定自若，對準麥克風，老老實實回答問題：「因為我的對手很強，殺了其他人。」

他說的是實話，甚至還在內心把林七罵了一頓。如果不是因為林七，他也不至於一個人這麼尷尬了。

「那你的對手呢？他為什麼不在？是被你殺了嗎？你對拿到了第一名有什麼看法？你覺得第一百期新人王的稱號名副其實嗎？」本子哥的問題一個接著一個，絲毫不給言晃喘息的機會，而且在問完後，立刻將麥克風堵到了言晃嘴邊。

言晃微笑著，卻沒有回答問題，漸漸地，尷尬的人從他變成了本子哥。

本子哥的笑容肉眼可見變深了，不過不是開心、快樂，而是在壓抑自己的憤怒。

他把麥克風堵得更近了。「看來我們的新人王好像不太想回答問題，不過沒關係，我們還有一個誰都能回答出來的問題。請問，你在獲得新人王的頭銜之後，最想感謝誰呢？」

言晃看著本子哥繼續笑，甚至連嘴角的弧度都沒有變一下，依舊什麼也不說，什麼也不做。

本子哥和他對視著。

不知道過了多久，本子哥臉上的笑容瞬間變成了憤怒與嚴肅，將麥克風往下一砸。

「你真的是我見過最大牌的新人王！」

言晃終於開了口：「哦，那你要動手嗎？但你應該不能動手吧！」

本子哥嗤笑一聲。「你怎麼確定我不能動手呢？」

一邊說，一邊展示起自己的屬性。

NPC：主持人——本子哥

力量：10

敏捷：10

智力：0.5

綜合評價：身為一名優秀的主持人，擁有強大的力量與速度是基本條件，而腦子不好能帶來更多喜劇效果，沒有人會拒絕喜劇。

言晃並不在意。「能動手的話，你早就動手了。」

本子哥被看穿了，氣得渾身發抖，直接跳下頒獎台，在舞台上咬牙切齒地走來走去，最後氣急敗壞地哼了一聲。

「沒錯，本子哥的確不能跟你動手，不過本子哥能讓你失去這個難得的上台機會！只要本子哥統計完，然後頒發獎盃……你以後想要再有上台機會，那就難了！」

對本子哥而言，這就是他能想到的最好的威脅。但對言晃而言，卻是天大的好事。

「那快點，麻煩了。」言晃甚至很有禮貌地補上一句。

本子哥氣得差點原地爆炸，副本裡的主持人不少，他等了很久才等到一次上台跟玩家互動的機會，結果第一次就遇到了這種人！

底下的人全都笑瘋了，也是第一次看見副本安排整玩家的主持人被玩家氣成這樣。

本子哥知道大家都在笑他，露出了尷尬的表情。

「好吧，好吧，你真是個無趣的玩家，本子哥也不想再跟你待在一起了。現在，系統將結算你的資訊，然後發放獎勵給你！」

本子哥話剛說完，言晃的背後便出現一張巨大的虛擬螢幕，上面播著言晃在三次副本中的精彩片段，有好幾個片段甚至驚豔到一些高級玩家。

播放結束後，大螢幕上便出現了新的內容。

副本第一百期新人王獲獎名單：

第一名：欺詐者——言晃

主要戰績：F級副本孵化之都TE線通關，綜合評價SS；E－級副本標籤社會TE線通關，綜合評價SS；E＋級挑戰類副本幻想博物館TE線通關，綜合評價SS。

潛力指數：99.99

新人王評語：一名史無前例的智慧型玩家，擅長精妙的布局，每一次副本都是一場來自視覺與心靈上的震撼與救贖。勝利桂冠實至名歸！

一頂漂亮的桂冠從天而降，落在了言晃頭上。

——恭喜玩家「欺詐者——言晃」榮獲稱號新人王！

稱號：新人王（王之基因）

屬性：力量＋1，敏捷＋1，智力＋0.3

「新人王」稱號自帶的力量隨著桂冠灌注，言晃此時的面板已經到了一種不輸之前林七的程度。

玩家：欺詐者——言晃
天賦信息：你言行一致，品德高尚，所有人都會對你保持信任。當你使用天賦時，說出的話將導致作用對象產生信任與不信任兩種結果，兩者皆為機率性事件。
天賦隱藏信息1：自身以外不可見。
天賦隱藏信息2：自身以外不可見。
力量：5.5
敏捷：5.5
智力：2.5
所屬公會：無
綜合評價：你是副本有史以來成長最快的一個玩家，是一位相當優秀的人才。恭喜你，半隻腳已步入了強者行列！

——本次新人王大賽的頒獎儀式到此結束！

言晃終於鬆了口氣，本子哥更是激動地叫了出來，舞台周圍好幾個地方打起了禮炮。

第一百期新人王的頒獎儀式終於落幕。

一位身著古裝的瘸腿男人看了看舞台上的言晃，面帶笑意地看向旁邊戴著王冠的金髮男人。「國王，醫生死了，你們塔羅對他的態度是……」

被稱為「國王」的金髮男人瞇著眼睛，冷笑一聲。「與你百道何干？」瘸腿男人打了一個哈欠。「怎麼會和我們沒關係？我們百道跟你們塔羅的關係那麼差，如果你們要對他動手，我們很樂意保下他。畢竟誰會放掉一顆種子呢？」

瘸腿男人正是副本排名第二的公會「百道」的會長，名叫墨為，天賦是被譽為能夠看穿一切現象與本質的「天人合一」。

國王冷笑一聲：「這人，我們塔羅要了。」

墨為明白了國王的態度，有些不滿。「你們塔羅要人家，人家不一定理你。我倒覺得我們百道的理念跟他的觀點更加吻合——靠著自己的雙手打出TE線，才是副本存在的意義。」

「膚淺。」國王懶得解釋。

墨為倒是不在乎國王怎麼說。「無所謂，隨便你說，反正你們一時半刻也沒時間放下A級副本過來跟我搶人。」

「是嗎？」國王臉上露出笑意。「A級副本的攻略，快要拿下了。」

墨為臉色一變。「這麼快?!」

國王沒再跟他就此事多談，而是開口說：「你搶不過我們的，輪盤之中的結果顯示，他最後會走向我們。」

墨為面色沉了下去。「沒有命運的命運之輪，預判的結果從來不會準確。要知道，你們失誤也不是一次兩次了。」

國王往後一靠，似乎一切盡在他的掌控之下。「這一次，絕不可能有任何失誤！」

因為，他們在一個名為「真理之世」的特殊類A級副本中，看到了一個他們永遠不敢想像的畫面。

所以，國王前所未有地篤定，並且為此孤注一擲。

墨為一向能夠看穿一切，此時他卻看不穿老對頭到底在想些什麼。他嘗試著使用天賦去窺視，結果雙眼直接冒出鮮血，讓他趕忙捂住雙眼，停止運用天賦，並從系統商城中買下治療藥劑服下。

「你到底知道了什麼？」

不等國王回答，他突然想到了一件事，隨即大驚失色。「他該不會就是你一直尋找的人吧？」

國王雙手放在膝蓋上，沒有回話。

墨為皺緊了眉頭。國王雖說是個極有魄力的人，但並非傻子，他能夠如此肯定，想必是知道了什麼不得了的資訊。如果欺詐者就是國王一直尋找的人的話，那這副本的根源之謎，很快就要解開了。

墨為暗暗下定決心，一定要把欺詐者邀請到百道來。

停滯了許久的命運指針，又一次開始轉動。

然而沒人知道，這次轉動所牽引出來的因果，會是怎樣空前絕後的龐大！

副本世界的回饋3

言晃在頒獎典禮結束之後的第一時間回到了現實世界，從自己的床上醒來。緊接著，他的面前便出現系統面板——

恭喜玩家欺詐者獲得新人王特殊獎勵之「自由選擇E級道具」。

鑒於本次新人王大賽最後脫穎而出的只有一人，所以你的自由選擇獎勵將升級為D級。

請選擇。

言晃的面前出現了三個道具：一把刀、一件衣服、一顆珠子。

言晃看了看這些道具的屬性介紹，也是主打攻擊、防禦、功能三個方向。

現在攻擊方面他有「救贖大劍」，所以並不需要系統提供的刀；功能方面他有「謝扶沐的守護」和「幻象模擬器」，這兩件雖然品質不高，但因為是TE線的限定道具，作用並不比其他高品質的道具差；再者，他還得到了「小世界樹樹種」，能夠在天賦上進行提升。

對了，天賦！

現在他基本上確定自己的天賦是擁有進階潛力的，如果再將其與「小世界樹樹種」進行綁定的話，就可以直接提升一階。

先看看進階後的天賦是什麼樣，然後再選擇獎勵也不遲。

言晃說做就做，直接將「小世界樹樹種」與自己的天賦進行綁定。面板上，他的天賦開始發生變化。

天賦信息：你行善積德，誠實友善，只要與你相處過，無論是對手還是隊友，都對你讚不絕口。因此你的一言一行都更加具有說服力。

天賦隱藏信息1：說出謊言後直接按照對立性事件進行判定，且判定成功機率上升至60%，判定成功後對受作用者（包括且不止於人）的認知和行為，以及既定事實進行改變。

天賦隱藏信息2：受作用者為非生物時，精神力消耗減半。

言晃眼前一亮。

這一次天賦的成功機率提升幅度很大，作用對象的範圍也擴大不少，不再僅限於人類，再加上現在他的智力屬性高達2.5，說是脫胎換骨都不為過！

現在，無論是攻擊方面還是功能方面，他都已經有了出色的道具，比較差的只有防禦方面，總不能每次都靠賭博和預測，萬一哪次失誤，那就危險了。

所以，他選擇了那件衣服。

道具：王的夜行衣

品質：D級

屬性：屬性抗性＋40％，物理抗性＋30％，精神抗性＋20％

技能：潛行（使用後極大程度降低存在感，持續一分鐘），每次開啟將損耗一定精神力，現實中可無限制使用。

道具介紹：低調有時會是最好的防守。或許在某種程度上，很適合你打副本的風格。

這下，言晃終於覺得自己在副本中已經算是個真正的高級玩家了。如果按照幻想博物館的難度來推算，他或許勉強能夠單刷E＋級別以下的副本了。

他心情爽快地出了房門，正好江蘿也從自己的房間裡走了出來，看著他打趣：「我坐在觀眾席的時候都在替你尷尬啊！」

言晃翻了個白眼。「不是說還有三個人嗎？人呢？」

「啊，我沒告訴你嗎？」江蘿睜大眼睛，努力讓自己看起來毫不知情。「他們太不幸，死在副本裡了。」

言晃笑了，伸手直接把她的頭揉了兩下。

「別揉了，別揉了，要揉禿了！累了一整天，下次你再拿我當球踢，我就生氣了。」她一邊說，一邊逃離言晃的「魔爪」，跑到沙發上，拿起遙控器打開電視。

電視打開之後，出現在兩人面前的是一條大新聞。

平日裡漂亮大方的主持人此刻表情無比凝重，她背後是打著許多馬賽克的畫面，露出的部分畫面更是讓人心裡難受。

「今日凌晨六點，警方接到陌生來電，據報我國知名藝術家唐克涉嫌惡意虐殺他人、非法解剖人體等犯罪行為，警方及時趕至唐克家中確認情況。經核查，嫌疑人唐克的一連串罪行均屬實，受害人包括知名演員林娜、精神病人零七……」

針對這次事件，新聞主持人說了許多，她的表情也肉眼可見地憤怒起來。最後，她對社會發出疑問：

「難道藝術一定建立於獵奇之上？所謂的藝術性真的只供少部分人欣賞？」

言晃和江蘺兩人心情格外複雜。他問江蘺：「要去看看嗎？」江蘺點了點頭。

雖說副本的故事絕大部分是源於現實，但副本裡的惡往往比現實更加純粹。

如果在副本裡待久了，很難讓人不去質問自己，到底還是不是一個正常人？想要控制住局面，最好的辦法就是用現實去喚醒自己。

兩人很快到了唐克家附近，這裡已經被一場大火燒得乾淨，聽說是唐克在警察來之前放了一把火。

現在好幾輛警車和消防車停在這裡，紅藍光芒交疊之下，讓人心中越發緊繃。警方封鎖了現場，受害者的親屬們只好跪在封鎖線外，哭得撕心裂肺。

也有許多好心人，雖然與受害者非親非故，但心裡一直有個聲音要他們來這裡，於是他們帶著白色的花以及一些水果籃到場，將東西放在地上，告慰那些枉死的人，然後來到那些受害者家屬身邊安撫他們、陪伴他們。

江蘺站在不遠處，捏著下巴沉吟片刻。「我們根本進不去，怎麼辦，還是直接衝進去？」

言晃微微一笑。「如果妳想明天上頭條，讓全世界的人都知道妳是神力女超人的話，可以這麼硬幹。」

江蘿撇撇嘴。「那怎麼辦？」

言晃倒是不急，默默拿出了「王的夜行衣」。

他剛想披在身上，試試潛行效果，肩膀忽然被人從身後碰了碰。他轉頭一看，入目的是林七那張瞳孔無限放大、笑容異常燦爛的臉，距離之近讓他下意識想要揮刀，但他很快克制了下來，只是一拳砸了過去。

林七輕鬆躲開，笑嘻嘻地說：「哎呀，你好凶哦，我都這樣了你還不放過我。」

言晃皺著眉，上下打量著他，此刻的他就像是一個正常、活著的人。

江蘿也滿臉詫異，圍著他打轉。「不可能啊！你不是死在副本裡了嗎？在副本中得到拯救的『神』是能夠短暫回到現實，但我從未聽說過在副本裡死亡的玩家還能活著回到現實。」

言晃也是對這點不解，他試探性地問：「林娜呢？」

「林娜啊……」他的尾音拖得很長，幼稚地把手指放在自己的下巴上，又是一副嬉笑的模樣。「林娜的願望完成了，所以徹底離開了。不愧是林娜，真棒！」

這一瞬間，言晃和江蘿突然明白了林七尚未消散的原因。林娜的願望完成，所以離開了，而站在這裡的林七，到死也沒能完成自己的願望。

他的表情是那樣開心，就像什麼都不懂似的，可是，他真的不懂嗎？言晃和江蘿看著嬉笑著彷彿什麼都不在意的他，心裡卻替他感到很悲哀。

「那麼嚴肅幹什麼？我都死了，沒法再傷害你們了。」見二人表情未變，林七無奈地嘆了一口氣。「好了好了，算我怕了你們。」

他輕笑著，聲音中卻多了幾分鄭重。「欺詐者、計算師，看看後面吧。」言晃與江蘺二人不約而同地朝著身後看去，只見被燒毀的殘破房子中忽然走出一個半透明的「人」，來到一個坐在地上號啕大哭的老太太面前。

人們似乎並沒有看見他，一丁點反應也沒有。他低著頭，伸手為老太太擦了擦眼淚。從房子中走出來的人越來越多，他們一個個地走到了自己家人身邊，伸手為家人拭去眼淚。

那些哭得痛澈心扉的人們似是感覺到了什麼，忽然就停住了哭泣。

「業年，是你嗎，業年？」

「阿海，你在的對吧？阿海！」

他們呼喚著自己親人的名字，奮不顧身地想要闖進那個被燒毀的房子之中，去一探究竟。站在警戒線內的員警快點將他們攔了下來。他們放聲喊著——

「放我進去，我看見我兒子了！他剛剛就在這裡……警官，讓我進去好不好？我求求你了……我好幾年沒見我兒子了……你讓他再吃一次我做的瘦肉粥好不好？他最愛吃這個了。」

「我也看見我女兒了，她剛剛就摸著我的臉，幫我擦眼淚呢……警官，求求你了，讓我們進去看一眼好不好？就一眼……我們真的，很久很久沒有看到我們的孩子了……」

在外人眼裡，這些受害者的親人猶如瘋了一般。但很快，他們便安靜了下來，開始慢慢後退。

有人聲音沙啞地說：「阿海要我別給你們添麻煩了……」

目睹一切的言晃心裡無限感慨。沒想到副本還能夠創造這樣的奇景。

就在這時，言晃看到有好幾匹白馬也從裡面走出，歡悅地向著他的方向奔騰而來。

言晃摸了摸牠們的馬頭，江蘿眼底亮晶晶的，繞著白馬左看看右看看。

過了大概五分鐘，圍繞著言晃和江蘿的白馬開始後退，默默陪在家人們身邊的受害者們也站起身，開始往後退去，眼睛卻一眨不眨地盯著自己親人的面孔，似乎是想要將他們的樣貌永永遠遠刻在心底。

言晃看著他們，江蘿牽起了他的手。

受害者們開始消散，直到最後，他們看向言晃，笑著對他說：「謝謝。」

他們終於得到了解脫。

言晃和江蘿心中百感交集，轉頭一看，林七正坐在樹底下，蹺著二郎腿，笑瞇瞇地看著他們。

言晃嘆了一口氣，才問：「你也要走了？」

林七挑了挑眉。「怎麼，捨不得我啊？」

言晃無奈地說：「我巴不得你快點走。」

林七起身，走到二人面前，一張臉湊到言晃面前。「我跟副本做了交易，等一個能夠幫我實現願望的人出現。我可是知道了一件大祕密，你想不想知道？」

不等言晃回答，林七便湊到了他的耳邊，告訴他：「副本裡的『神』對你的評價都很好，所有人都很期待能夠見你一面。」

言晃一愣，不可置信。「所以，你要我去救你嗎？」

林七抬高了下巴，又把距離拉遠。「不需要。」

言晃問：「為什麼？」

林七俯下身子要去捏江蘿的臉，江蘿嫌棄地躲到了言晃身後。

他落了空，也不惱，只是站在那裡笑。「因為，我要永遠住在副本裡。我的副本裡有林娜，那裡的林娜不會凶我，而且，最重要的是——」說到這裡，他停了下來。

言晃屏著呼吸看他，發現他的身體開始變得透明。

林七沒有將視線放到言晃和江蘿身上，而是看著遠方，臉上掛著言晃從未見過的溫柔笑容。

言晃知道他的時間不多了，卻沒催促，安靜地等著。

林七似乎是剛剛回神，將視線重新落在他身上，帶著一抹邪氣的笑容說：「你猜。」

言晃哭笑不得，卻在他快要完全消散之前說：「是不想世界上出現第二個零七吧？」

他的聲音一如既往親和。

這字字句句，讓只剩下半張臉的林七眼皮一動，笑得更深了。「誰知道呢，拜拜啦。」

「慢走不送。」

去往屬於他的副本，住在屬於他的世界之中，或許這對他而言，就是最好的結局。

一旁的江蘺默默出聲：「言晃……」

「嗯？」

「要不然，我們這就去他的副本吧！」

言晃失笑，伸手揉了揉江蘺的頭。「妳確定？」

想到林七的喜怒無常，江蘺悻悻然地摸了摸自己的鼻子。「說說而已。」

「不過，我真的很想親眼看看，屬於林七的世界，到底是什麼樣的世界。」

言晃抬起頭，看著湛藍的天空，忽然想起了林七曾經問過他，藍色到底是什麼樣。

他勾起唇角說：「總會有那麼一天的。現在，我們回家吧。」

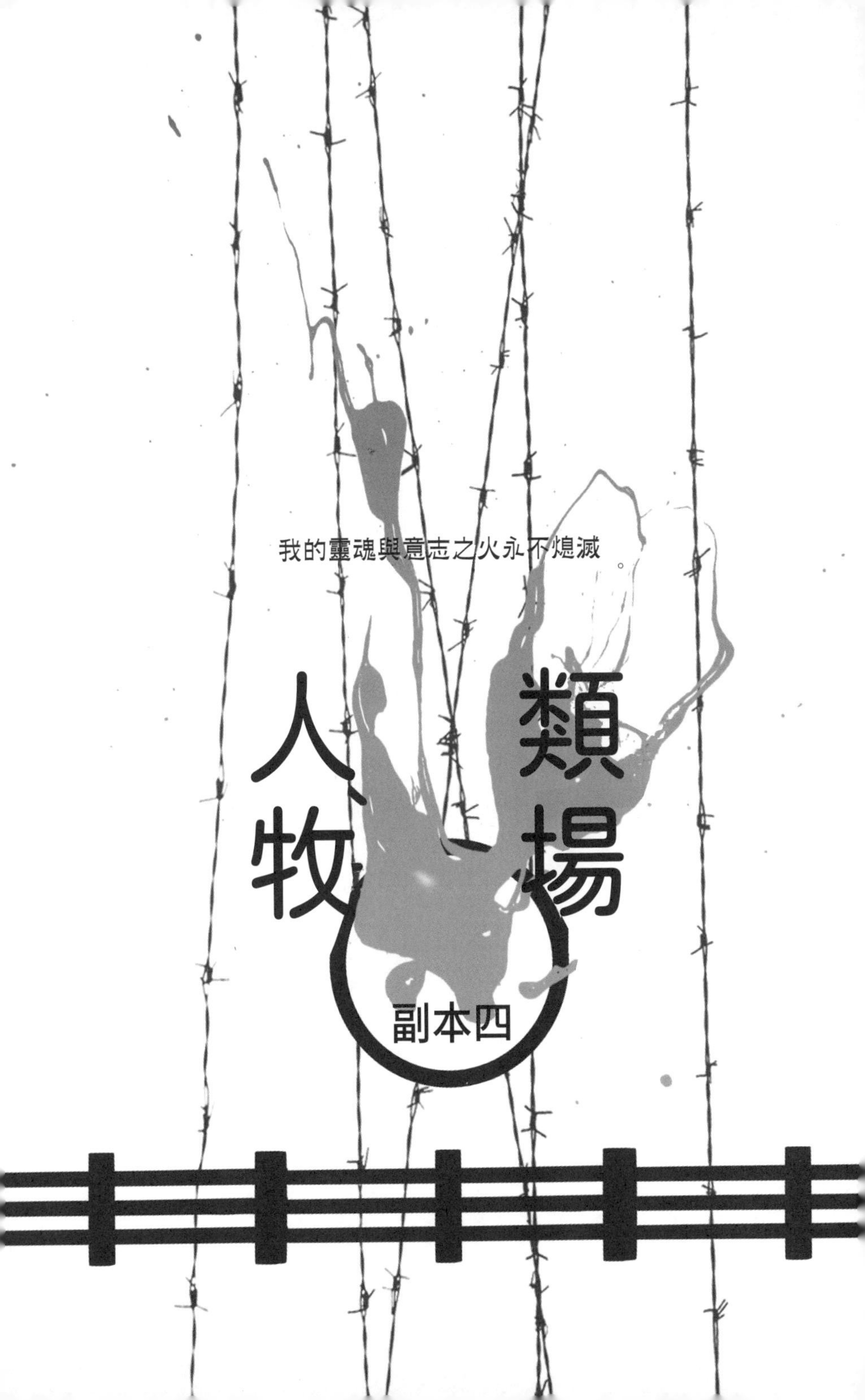
我的靈魂與意志之火永不熄滅。
人類牧場
副本四

第十三章　顛倒的世界

在家中休息了兩天，江蘿就坐不住了，求著言晃要出去玩。

「去哪裡？」言晃問。

江蘿笑嘻嘻地舉起了手中的宣傳單。「這家貓咖做活動耶，我們去看看？」

「有備而來？」言晃似笑非笑地看著傻笑的江蘿，闔上手中的書。「不過一直在家待著也沒什麼意思，既然妳想去，那就去看看吧。」

「太好啦！言晃，我就知道你最好了！」江蘿歡呼一聲，高興得手舞足蹈。

言晃和江蘿即將到達貓咖門口時，門內恰好有一個穿著黑色帽T、戴著棒球帽的人跑了出來。他低著頭，也不看路，筆直地朝正在和江蘿說話的言晃身上撞去。

言晃如今的身體素質和反應能力都遠遠高於普通人，所以在對方衝過來時，他就想側身避開。但隨著男人距離他越來越近，一股難以遮掩、濃烈的血腥味也撲鼻而來。

言晃眉頭微蹙。這般濃烈的味道絕對不會是小傷，男人看著又不像受傷的樣子，反倒整個人慌慌張張的，就像剛做完什麼壞事一樣。

與此同時，貓咖門口傳來急切的喊聲：「抓住他，他是虐貓狂！」

聞言，言晃二話不說，伸手快如閃電，衝著男人右臂抓去，用力一擰，同時右腿一踢，男人吃痛，直接單膝跪了下來。「你們幹什麼！放開我！」

江蘿見男人還在掙扎著大叫，再想想剛剛聽到的「虐貓狂」三個字，越想越氣，插著腰呵斥：「閉嘴！再亂動，小心我揍你！」

言晃右手微微用力，將男人提了起來，把他的雙手反剪在身後，牢牢抓住，令他動彈不得。

貓咖店裡的店員也趕了過來，對著言晃和江蘿道了謝，眼圈泛紅地指著男人。「我們已經報警了！今天這件事我們跟你沒完沒了，你等著坐牢吧！」

男人臉色更加蒼白，嘴裡卻依舊罵著：「你們是不是有病？不就死隻貓嗎？有必要嗎？牠還把我的手抓傷了！是人重要還是貓重要？我就不信，死一隻貓而已，你們能拿我怎麼樣！」

女店員咬牙切齒，被這番理所當然的言論氣得渾身發抖。「你要是不動牠，牠怎麼可能無緣無故抓你？」

「不過是死了一隻畜生而已，有必要這麼小題大作？殺了就殺了，有什麼好報警的？我是人，不比一隻貓重要？快點放了我！」男人一邊叫囂著，一邊還在扭動著自己的身子，試圖掙脫言晃的控制。

言晃「嘖」了一聲，受不了這一套歪理邪說，直接用一隻手攥住男人的手腕，另一隻手握拳，對著男人的側臉揮了過去。

這一拳力氣極大，讓男人腦子發暈，半天沒反應過來。

言晃甩甩手，微笑著安慰女店員：「不是所有人都講道理。可以告訴我們發生了什麼事嗎？」

女店員深吸一口氣，又啜泣了好幾下才終於能開口：「他……他在廁所殺了顧客的貓……他簡直不是人！」似乎是想起了那隻貓的慘狀，女店員又忍不住哭了起來。

江蘿一隻手拍了拍女店員的後背安慰。「姐姐別傷心，壞人已經抓到了，相信警察叔叔絕對能幫我們把這件事情解決好的。請問可以讓我們看看……那隻貓貓嗎？」

女店員沒有拒絕兩人，帶著他們向貓咖裡走去，一邊走一邊掉眼淚。江蘿跟在一旁低聲安慰她，言晃帶著虐貓狂走在兩人身後。

貓咖裡的氛圍還算好，孩子們在貓貓樂園裡和小貓們玩耍，並不知道外面發生了什麼事。

女店員解釋：「這件事發生在廁所，是一個顧客去上廁所的時候撞見的。這些孩子們太小，還不懂事，也沒人和他們說，畢竟……太殘忍了！」

言晃和江蘿點了點頭。

女店員帶著他們來到了廁所門口，這裡圍了一些大人，都舉著手機，「咔嚓咔嚓」地拍著照片。

「這怎麼下得了手啊！太殘忍了！」

「好可憐的小貓……」

「這種人必須重罰！」

江蘿擠進人群裡，很快便來到了最前方，看到了裡面的情況。她的臉色逐漸變得蒼白，繼而用精神橋樑把畫面傳給了言晃。

畫面中，一個七、八歲的小女孩正號啕大哭，她的爸爸抱著她低聲安慰，眼中也滿是悲傷。地上有一灘刺眼的鮮紅色血液，上邊躺著一隻黑貓，黑貓身上傷痕累累，一動也不動。

這個可怕的畫面讓人怒火中燒，言晃忍不住踢了男人一腳。

江蘿也有些受不了了，很快便從人群中退了出來。見虐貓狂依舊是一副不知悔改的樣子，她右手緊握，直接給了男人肚子一拳。男人的身體因為疼痛忍不住蜷縮了起來，放在褲子口袋裡的手機被擠了出來。

江蘺撿起手機，利用自己的天賦直接破解了密碼。手機打開後，出現在螢幕上的是一個奇怪的網站，上面是剛剛上傳的虐貓影片。

江蘺看了看四周的人，見沒人注意他們，便悄悄將影片下載到腦海裡，確保不會遺失，然後和言晃在腦海裡把整個影片看完了。

影片的開頭，是一隻黑貓和這個男人在廁所裡。

黑貓似乎是感受到了男人的惡意，用那一雙漂亮得像寶石般的眼睛警惕地看著男人，但因為肚子裡的孩子，牠不敢進行劇烈動作，只能炸毛齜牙以示威脅。

只是這威脅並沒有用，影片裡的男人仍然揮刀砍向牠的腿。黑貓疼得「嗷」了一聲，直接亮出爪子抓向男人。

但家貓都會被修剪指甲，所以牠的一抓只給了男人一道淺淺紅痕。雖然並沒有對男人造成實質傷害，卻依舊激怒了男人。男人直接一隻手抓住牠的脖子，毫不留情地將刀刺向了牠。黑貓頓時沒了氣。

「這就死了？廢物東西。」男人罵了一聲，忽然注意到貓的肚子鼓鼓的。「咦？這貓不會懷孕了吧？」

男人有些意外，果然發現黑貓肚子裡已經有小貓了。

「真倒楣！不過畜生而已，死了就死了吧，無所謂，只要不影響我賺錢就行。」男人將黑貓隨手扔在地上，一邊嘟囔著，一邊拿起手機，關掉了影片錄製。

「太殘忍了！」江蘿喃喃自語，抓緊了手中的手機。「絕對不能讓孩子們看到！」

沒多久，警察趕到，言晃和江蘿將男人和手機一併交給了警察。女店員和一些顧客也證明男人就是虐貓犯。人證物證俱在，虐貓犯立刻被員警帶走了，相關人員也被要求一起去警局做筆錄。

做完筆錄後，言晃和江蘿離開了警局，兩人心情很沉重，都沒開口說話，惡人雖然得到了懲戒，但那隻無辜的小貓再也回不來了……就在這個時候，言晃腦海裡出現一道聲音：

——恭喜玩家欺詐者觸發特殊類副本：人類牧場。

——一分鐘後玩家將進入副本，請做好準備！

言晃有些怔忡，看向江蘿。「小蘿？」

「嗯？」江蘿茫然抬頭。「怎麼了？」

看樣子小蘿並沒有觸發副本，那這次就只有自己了，可是……

言晃問：「什麼是特殊類副本？」江毅傳給他的資訊裡並沒有這個類型的副本存在。

老玩家江蘿也是一臉不解。

「特殊類副本？那是什……言晃！」她話未說完，言晃已經消失在原地。

江蘿張大了嘴巴，神色呆滯地看著言晃消失的地方。片刻後，她才回過神來，快點尋了個隱蔽角落，進入副本遊戲大廳，找到了第九十九期新人王、公會「百道」的王牌，也是她在副本中唯二認識的人——格鬥家肖塵修。

「肖塵修，你知不知道什麼是特殊類副本？」剛一見面，江蘿就直奔主題。

肖塵修說：「我聽會長說過，特殊類副本是指從沒被玩家闖過，也沒有被定型的副本，只有被副本選中的人才能進去。怎麼，欺詐者進去了？」

江蘿皺著眉點了點頭，打開言晃的實況台想要一探究竟。然而，她剛點進去，就看到實況台上顯示的資訊。

副本名稱：人類牧場（特殊類副本）

副本級別：D

副本玩家：欺詐者

副本介紹：人類是這個世界裡最好的「圈養物」，小孩兒們的尖叫譜成「樂章」，女人們變成最暢銷的「食品」和「生產工具」，男人們成為牠們永不厭倦的「玩具」。哦不，在人類牧場中，人類才是「牠們」。

看完介紹，江蘿臉色發白、頭皮發麻，這個副本的驚悚程度遠超她的想像。

少年的聲音再次傳來，語氣中帶著幾分驚訝。「D級副本？欺詐者的運氣也是絕了……他不會死在裡面吧？」

江蘿狠狠剜了他一眼。「不會說話就閉嘴！」但她心裡十分清楚言晃的實力，他現在頂多單刷E＋級副本，根本不能一個人單刷D級副本。

「一定有辦法的，一定有辦法的……」江蘿的眼中閃過無數代碼，精神力的過度消耗讓她的臉色越來越差。

肖塵修嚇到，連忙勸說：「妳別急，欺詐者那麼厲害，怎麼可能輕易死掉？他一定不會有事的！妳快點停下推算，不然還沒等欺詐者出來，妳先出事了！」

江蘿握緊了拳頭，慢慢冷靜下來。「言晃不會死的，對不對？禍害遺千年，他天天騙人，絕對不會死的！」

肖塵修忙不迭地說：「對對對，他沒那麼容易死，他可是欺詐者啊，是連我們首領都想納入麾下的人。」

「你還有副本密鑰嗎？」

肖塵修呼出一口氣。「有，但妳用不了。那個副本現在還沒正式上線呢，拿了密鑰也沒用。」

「那我現在該怎麼辦？只能乾等嗎？」江蘿神色越發委靡。肖塵修看著言晃的實況台，沉聲說：「對，只能等。」

這一局，無數人都在盯著欺詐者。

言晃進入副本之後，一如既往地體驗了一把熟悉的暈眩感。此時的他能感覺到自己是站著的，只不過頭腦發脹，連帶著身體也搖搖晃晃，差點一頭栽下去。他連忙穩住心神，呼吸間只聞到了陣陣惡臭——一種發潮的糞便氣味。

空氣滯悶得叫人難受，言晃被這氣味熏得睜不開眼睛，逐漸清明的腦子裡漸漸回想起他進入副本時腦中傳來的聲音。

人類牧場嗎？

或許是漸漸適應了這沉悶又充滿惡臭的環境，言晃終於能睜開眼，本想查看一下這個副本的介紹，沒想到先被眼前的景象驚住了。

言晃面前是一長排裸露的後背——一整列亂糟糟的毛髮和髒汙遍布的人類軀體，身在工業化極為明顯的黑鐵色蒸汽房中，一眼望不到盡頭。

所有人都是一樣的裸露、髒亂，有男有女，各種膚色、不同年齡……他們乖巧地排著隊，跟隨著前面的人行動，每次前進一個位子。

「這個副本可是新副本，欺詐者是第一個闖關的人！我要好好看看，累積累積經驗。」

「看欺詐者以前闖過的幾個副本，無一不是TE線，預計這個副本也差不多。」

這是一個新的副本，看來無法從彈幕上分析後面會面臨的情況了。言晃一邊思索一邊打量著環境，他發現除了腳下踩著的一條輸送帶，其他地方全都是冒著熱氣的鐵管，彷彿只要走出這條輸送帶，就會被燙熟。

言晃伸手碰了碰前面男人的後背，男人像是受到了很大的刺激，立刻跳了起來，全身顫抖著轉過頭。他的臉髒到看不清五官，一雙黑溜溜的眼睛裡寫滿了驚恐、害怕和不知所措，嘴裡發出一些微弱的嚶嚶嗚嗚聲。

言晃被這劇烈的反應搞糊塗了，遲疑片刻，還是選擇問面前的男人：「請問，我們在哪裡？」

男人皺起眉，眼裡帶上幾分茫然，似乎不太理解言晃的話。言晃蹙了蹙眉，直接打開了系統面板，一目十行地看了起來。「圈養物」「牠們」？

看來他來到了一個人類和動物身分顛倒的世界，在這裡，人類才是「動物」。如此看來，這個副本中的人類和現實世界中的動物一樣，並不具備語言能力，他根本問不出什麼。言晃正想對他揮揮手，準備靠自己尋找線索，突然感覺頭頂上方好像有什麼東西監視著自己。

他抬眸看了一眼，發現在這條不知多長的輸送帶正上方，不，不止正上方，應該是在各個角落裡，都布滿了無數的監視器，監視著他們的一言一行、一舉一動。

言晃的心沉了下來，身體也僵硬了幾分。他發現面前的男人張開了嘴，發出怪異的聲音，他趕快跟著學了起來。男人便轉了回去，言晃也閉上嘴，乖巧地跟隨隊伍前進，不再亂動。直到又前進了五個位子，攝影鏡頭才從他身上挪開。

言晃鬆了一口氣，雖然心裡好奇，如果他方才繼續表露出與周圍人有所不同的樣子，會發生什麼事？但也只是好奇，才剛到這個副本，一切都是未知，彈幕也無法給提示，還是小心謹慎為上。

又走了幾步後，整個隊伍突然停了下來，言晃不動聲色地歪了歪身子，探頭看去。只見前面不遠處，有個男人正嗚嗚哇哇地手舞足蹈，似乎是在抗議，可能是覺得沒人理他，他便伸手將自己後面的人推到右邊的鐵管上，接著快走兩步，將前面正在跟隨隊伍慢慢行走且絲毫不受後邊影響的人推到了左邊的鐵管上，然後在輸送帶上跳來跳去。

他似乎不像其他人那樣呆板，但是也不太聰明，這樣的舉動明顯是挑釁。監視器後邊的「人」應該坐不住了，言晃心想。

下一秒，言晃聽到一聲類似艙門打開的聲音，緊接著，一道耀眼的光芒自上方射了進來，照在眾人身上。這突如其來的強光格外刺眼，讓人一時半刻難以適應，眾人下意識地或是抬手捂眼，或是低頭避開，或是緊閉雙眼。

言晃用雙手捂住眼睛，從指縫中往外看。只見此時通道的頂部多了一塊正方形缺口，一隻巨大的手從缺口處探了進來。那隻手毛髮濃密，富有光澤，龐大得像是歐式大型建築的支柱一般，似乎只要伸手一抓，就能抓住好幾個人。

言晃斷定這不是人類的手，倒是有些像猴子的。這隻手想要幹什麼？

其他人在適應光線後，都跟言晃一樣注視著這隻手，但不同的是，他們也躲避這隻手，有的人甚至不惜從輸送帶上跳下去，一腳踩在熱氣沸騰的鐵管，發出慘叫。

言晃一邊躲避慌亂的人群，一邊觀察著這隻手的動向。這隻手雖然巨大，但是十分靈活，手指一勾一轉，就鎖定了那個抗議的人。

那抗議的人不像其他人那般害怕，此時正對著這隻手狂叫，還膽大包天地伸手去抓手指，眼裡滿是痛恨與瘋狂。

但他的抓撓對這隻手來說實在不值一提，即便他那未曾修剪的指甲被磨得極為鋒利，也只讓一隻手指破了一層皮，並沒有阻止它的逼近。很快地，手指便夾住了他，將他提起、帶走。

在那正方形的「門」被關上前，言晃聽到了一個渾厚響亮的聲音，彷彿只要再放大一點，就能把他的耳膜震碎。

——檢測到特殊語言。

——為了副本能夠正常進行，自動傳授玩家該副本語言體系：主宰語。

言晃知道了那道聲音的意思。

「一隻鬧事的人類，拿去給小孩們玩吧。」

周圍再次歸於平靜，眾人重新排好隊，恢復了之前的秩序，有條不紊地繼續前進，就像什麼都沒發生過一樣。

言晃沉默地跟隨著他們，內心的震驚還未平復。這個副本真的太狠了，眼前的人類一點也不像人，而是宛如動物——還未開智、被本能支配的動物！甚至他們的量詞，都變成了「隻」，要知道「隻」字，可是多用於動物的。

言晃繼續混在裡面，一點點向前方挪動。不知過了多久，他總算看到了輸送帶的盡頭：一扇狹窄得只能通過一人的門。

距離那道門越近，從裡面傳來的聲音也就越明顯。悲慘的號叫聲、痛苦的哀鳴聲、絕望的哭泣聲……言晃吞了吞口水，保持著高度警戒。

這時，門裡面有主宰語傳出。

「雄性，年齡十七歲，身高一百五十八，體重四十五，體內無寄生蟲，未攜帶病毒，菌體指標合格，臉部品質較好。不過，會不會太小了一些？」

「不會吧？有一些主宰就喜歡小的，說是看起來圓嘟嘟的，很可愛，可以當寵物養，還給了個名字……好像是叫茶杯人。沒問題，貼標吧。」

「好。寵物，雄性，108年……那就是PM108-1770。下一個。」

「雌性，年齡十四歲，身高一百六十，體重三十九，體內無寄生蟲，未攜帶病毒，菌體指標合格，性狀表現優良，暫時未到可孕階段。」

「性狀表現優良啊，雖然沒到可孕階段，當寵物也能賣出不錯的價格吧？」

「最近不是說生育區那邊產量堪憂嗎？要不再養養？」

「那也可以，貼標籤吧。」

「生育區，雌性，BF108-349。下一個。」

程式化的聲音在言晃耳邊一次又一次地響起，他的臉色也越發陰沉。本以為只是把人類當成動物對待，沒想到是直接把人類變成了龐大生產線上的一個平平無奇的產品。

言晃深呼吸。他會進入什麼區域？又會被如何處置？生產線上的「工人」，又會是什麼？那些字母代表的應該是被分配到的區域和性別，就像「PM」中的「P」代表的是寵物「Pet」，「M」代表的是雄性「Male」；「BF」中的「B」代表的是生育「Bearing」，「F」代表的是雌性「Female」，而後面的數字應該代表的就是年份和序號。

考慮到即將面臨的危險，言晃做好了隨時召喚「家庭和睦之刀」的準備。就在他走入門中，看到那些工人之後，他才發現，自己的想法還是太天真了。

門後面是一個很大的工廠，被明亮的白光燈照著，四周充斥著各種複雜的機器，因為沒有窗戶，導致室內的味道有些刺鼻。

言晃曾無數次設想過工人的樣貌，然而，出現在他面前的，卻是他萬萬沒想過的樣子——他們像極了現實世界中的人類，穿著普通的藍色工作服，每個工服後背上都有一個數字；他們也具備語言能力，熟練地操控著各式各樣的儀器，眼睛裡閃著期待的光芒。

期待什麼呢？言晃感到奇怪卻又心底發寒。這些人類似乎已經被這個世界徹底改變了思維，毫不覺得把自己的同類看成牲畜有什麼不對。

言晃走入房間之後，經過了機器的掃描，被分配到另一條輸送帶上。與此同時，工人開始報告他的資訊。

「雄性，身高一百八十八，體重七十二，體內無寄生蟲，未攜帶病毒，菌體指數達標，基因表現優良。這這這，多久沒出現這樣高品質的雄性了！這品相絕對是搶手貨啊！」工人打量著言晃，眼裡滿是驚豔與讚嘆。

聽到這話，一旁的幾位工人都朝著這邊湧了過來，看著言晃嘖嘖稱讚。

「這品相不當種子可惜了，送去種人區吧，準備兩天就可以進行雜交了，以後能生出不少源源不斷的優良種呢。」

「沒錯，簡直是天選種子啊！主宰們看到優良種時一定很開心。」言晃此時才明白，他們眼中期待的東西，或許是所謂主宰們的讚美，好像這樣一個商品能夠賣出去就是天大的榮幸。

不過言晃也能聽出來，他們掌握的詞彙量並不多，只能進行簡單的交流，以及一些固定的資訊傳遞。也是，他們並不需要掌握過多的智慧，畢竟他們只是主宰手下的小嘍囉而已。

「貼標籤吧，SM108-100。」

於是，言晃的手背上被打上了藍色的「SM108-100」的標識，然後被送上了一條沒有什麼人的輸送帶。言晃注意到那些被送到其他輸送帶的人，神色都很木然，就像是已經放棄了生存的希望，沉默地接受未知的結局。

這種遭遇、這種感覺，讓言晃寒意透骨。

言晃穩了穩心神，眼睛一眨不眨地盯著輸送帶的盡頭。那是一道關閉著的機械門，只有在被運輸到一定位置之後才會打開，至於門後面，應該就是所謂的種人區。

就在這時，言晃聽到旁邊的輸送帶上傳來了輕微的聲響，他側頭看去，發現是一個面色驚恐的女孩，她手背上的藍色標識是「BF108-349」——是那個被分配到生育區的女孩。

此時，349正好對上言晃的視線，眼中猛然迸發出一絲欣喜，嘴唇一開一合，好像在說：「救……救救我。」

救救我？言晃瞳孔一縮，她是會說主宰語的人?!根據他的觀察和推測，在這裡會說主宰語的除了主宰，就只有兩種人：第一種是那些工人，但是他們明顯已經被同化；第二種就是在主宰們的世界生活過、聽過主宰語的人。後者應該具備一定的知識，預計能給他不少資訊。

言晃一直將「王的夜行衣」裝備在身上，這時，趁著眾人不注意，他直接開啟了夜行衣的潛行功能。

349突然發現自己剛剛求救的人竟當著那些工人的面直接跳下了輸送帶，而那些工人卻像是沒看到一樣。這個場景驚悚又詭異，她忍不住閉上了眼睛，蜷縮起身子，想獲得一點安全感。

這時，她感覺到自己的手臂被什麼東西抓住，一時驚慌地想要掙扎。

言晃害怕對方的怪異行為會引來過多關注，在她耳邊低聲說：「不要害怕，我不會傷害妳的。」

349猛然看向他，感覺到從他身上散發的善意，情緒瞬間被安撫下來，剛剛的場景更是眨眼間被拋之腦後，乖巧地點頭。

言晃打量著她，心裡猜測對方之前的身分應該是「寵物」，但現在的情況並不適合交流，加上即將進入機械門內，言晃便決定先等一等，等兩人進入下一個房間後再說。

下個房間比剛剛那個房間小很多，但是工人更多，儀器也更加高級，不僅在輸送帶上方設了一個僅能供一人站立通過、類似於安檢門一樣的東西，旁邊的機器還會顯示出經過「安檢門」的人各項精確指標。

言晃錯愕了一下，如果這時被儀器測出有兩個人，其中一個還是男的，那就糟了。

他再次開啟潛行功能，在要經過機器時，捏住一個工人的手，朝著另一個工人狠狠一砸。

兩個工人都愣了一下，接著看向彼此，大聲怒吼起來，似乎想要打上一架，其他工人被突如其來的聲音吸引，紛紛看了過去。言晃趁機一躍，踩在他們的腦袋上，避開了「安檢門」的檢測。

349通過了儀器，言晃也跳到了她身旁。

那些被言晃踩過的工人迷茫地你看我，我看你，最後不約而同地認為是彼此幹的。他們的嗓子裡發出充滿憤怒的叫聲，開始扭打起來，完全放棄了手中的工作。

這樣的混亂很快就被主宰發現。「吵什麼？不想幹了？」接著，頂部艙門打開，一隻巨大的手掌落下，工人們瞬間安靜了下來。

言晃睜大眼睛看著這一切，心臟像被緊握一樣難受，連呼吸都開始困難。而他身旁的349更加驚恐，轉身抱住他，埋在他的懷裡不停戰慄著，無聲地哭泣。

新的工人很快被傳送了過來，言晃和349也被送往了下一個房間——預備生育區。

這個區域的人極少，只有兩位女性：一位看起來年輕一些，大概二十多歲，另一位的年紀更大些，大概四、五十歲。但其實不好判斷，畢竟這裡的人吃的、住的和現實不太一樣，生長速度被環境影響的可能性也挺大。

言晃嘆了一口氣，站在角落裡，確定安全後才解除了潛行，先是背對著她們抓了一把草替自己做了一件草裙。雖然這件草裙十分彆扭，但只有這樣他才能暫時隱藏性別，心安理得地待在此處，畢竟現在的他頭髮又長又亂，如此裝扮下來，也可以假亂真。

349盯著變裝完畢的他，眼睛眨了好幾次，似乎有很多疑惑。

言晃並沒有著急去問她什麼，而是幫她也做了一件草裙。說實話，在這裡能夠找到具備一定溝通能力的人，讓他有一種特別的安全感——或許在他眼中，所有人都是異類，但當他出現在異類群中時，他才是那個異類。

言晃想要替349也穿上草裙，但是349很抗拒，言晃揉了揉眉頭，輕聲哄她：「妳在主宰的世界裡待過，他們都穿著衣服，對嗎？」

349歪了歪頭，有些茫然。她的詞彙量並不多，勉強能聽懂言晃的話，但自己說不了太多，所以只搖了搖頭。

言晃突然不知道該怎麼解釋，思考片刻說：「穿上衣服，變主宰，不會死，明白了嗎？」

349恍然大悟，點了點頭，這句話的意思她大概明白了。言晃便快手幫她穿上了衣服。在進行了基本的教學之後，言晃開始問她問題：「妳知道主宰是什麼樣的嗎？」

349點點頭，大概畫了一個形狀，然後喊著：「朵朵好大……手指，我們……死，但是……有水、有吃、有呼嚕呼嚕……可以洗乾淨，他們吹吹……不冷。朵朵生氣，打……啊啊，痛痛……喜歡，朵朵開心……不喜歡，朵朵生氣，跑……」

她說話不順，比手畫腳著她所知道的關於「主宰」的一切。而那個叫「朵朵」的，應該就是她的主宰。

言晃從她的一舉一動，漸漸肯定了自己的猜測。「主宰」與「寵物」的關係其實跟現實生活中人類與寵物一樣，只是現在人類成了寵物。那麼，寵物會不會就變成這個世界的「主宰」呢？

言晃沉思之餘，又看了一眼四周。

這裡是個封閉的房間，銅牆鐵壁，沒有窗戶，只有機械的通風口工作著，一盞燈孤零零地在房間中央照明。

言晃走到牆壁處，把力量控制在3，朝著旁邊的牆壁打了一拳，一點用都沒有，牆壁紋風不動，他又把力量增加到了5，再打了一拳過去。這次的震動聲音很大，但關住他們的牆壁材質很特殊，並沒有被砸開。

言晃嘆了一口氣。想要從這裡出去的話，要嘛試試「救贖大劍」將牆壁劈開，要嘛就是等工人過來打開大門，抓住機會離開。前者風險過高，無法控制後果，只能等待後者。

旁邊的349似乎是察覺到言晃心情不太好，拉了拉他的手。她眼裡水汪汪的，似乎是在安撫他。

言晃笑了笑，摸了摸她腦袋。「沒生氣。」

349這才鬆了一口氣，指了指言晃，又指了指自己。

「教……」349開始急起來，指著自己的嘴，又指了指言晃。「教……說……」

「要我教妳說話？」

349眼睛一亮，連忙點頭。「好。」

反正現在也無事可做，這個副本既沒有時限，也沒有任務，倒不如讓教學變成排解苦悶的活動。打定主意後，言晃開始教349說話。

另外兩個女性對他們的行為並不感興趣，只是趴在稻草上吃東西、睡覺。

349的學習能力不錯，本身又有一定的基礎，加上言晃的教學能力也還可以，所以349算是進步飛快。每學會一個新的詞之後，349都會開心得手舞足蹈，這種簡單的快樂傳染給了言晃，讓他緊繃的心神放鬆了幾分。

或許人類一開始掌握知識的時候，也是這種表現吧。言晃內心多了些感慨。

兩人學了一會兒後，349的肚子開始「咕咕咕」叫了起來。這聲音發出之後，349還沒反應，另外兩名女性卻開始對著她齜牙咧嘴，雙手緊緊護住自己身前的稻草。

言晃剛開始並沒有細看那稻草裡面是什麼，根據現在的情況看來，應該是食物。

就在這個時候，一陣鈴鐺聲響起。下一秒，大門開了，一名工人走了進來。

工人一隻手拎著一個桶子，一隻手拿著一個掃描槍，看到這邊多了兩個人，也沒說什麼，只是低頭將桶裡的東西隨意地倒了出來。兩個女性眼睛發亮，直接趴在地上狼吞虎嚥吃了起來。349捂著肚子，也想湊過去，但是被言晃拉住了。

工人倒完食物後並未急著離開，十分仔細地左看看右看看，最後對著那個四、五十歲的女性說：「073，妳體內的病毒已經清除了，耗了那麼久，妳終於可以去工作了。放心吧，那邊有很多夥伴，妳會很快樂的。」

073能聽懂的詞並不多，但「快樂」兩個字還是懂的，她滿臉期待地看著工人，甚至連食物都不吃了。

工人面無表情，繼續說：「不過在此之前，我還需要掃描一下妳的身體狀態，看看是否還有生育能力。」

他將手裡的掃描槍對準073按了兩下，下一秒，槍口射出的紅外線籠罩了073，掃描槍發出「滋滋」的電流聲，片刻後，紅外線消失，掃描槍的顯示幕上顯示出掃描結果。

工人看了一眼儀器上面顯示的資訊，眉頭微鎖。「嗯？只剩下兩個月了？看來得提前讓妳過去了，好歹要在徹底失去作用前再完成一次工作，不然主宰們會生氣的。」

他的聲音冰冷又殘酷，就像是被設定好的機器人，對同類沒有半點感情。又或許，他根本不覺得對方是同類。

言晃輕聲告訴瑟瑟發抖的349，等一下他會偷偷跟過去，看看生育區到底是什麼樣，順便瞭解一下大致情況，並承諾一定會帶她逃離這裡。349眼中淚光閃爍，連連點頭。

結果，這一幕被工人看見了。

昏暗的環境下，工人一雙眼睛漆黑無比，死死盯著言晃與349，如同老虎發現了獵物那般，只要他們有動作，就會毫不留情地撕碎他們。

言晃被這樣的眼神盯著，只覺得後背發涼，甚至做了最壞的打算——直接殺了工人，然後偽裝成他的樣子帶著349出去。但這是下下策，畢竟他現在對外面的環境一無所知，若是一直開啟「王的夜行衣」的潛行功能，對他的精神力也是很大的負擔。

該怎麼辦？

就在這時，349用兩隻手拍了拍言晃的臉部，發出「嗷嗷嗷」的叫聲。

言晃一時錯愕，但很快明白了349的意思，立刻和她一起打鬧起來。

那工人又盯了他們一會兒，見他們一直是正常打鬧，並沒有做出什麼奇異的舉動，才將目光重新落回073身上。

等073吃飽之後，工人拍了拍她的肩膀說：「現在可以跟我走了。」

言晃知道，自己一直等待的機會來了。

073忙不迭地點頭，臉上的驚喜藏都藏不住。她在這裡待的時間已經太久，目睹好多人被面前這個工人帶著離開，心裡一直以為那些人得到了自由，於是當大門為她敞開時，她便乖巧地跟著工人一起走。

工人關門的時候，回頭看了一眼言晃和349，見到兩人好好坐在裡面，才挪開目光。與此同時，言晃開啟了「王的夜行衣」的潛行功能，在工人關門的一剎那，以不可思議的速度衝了出去。

門的外面是一個逼仄的昏暗通道，通道一邊是牆壁，另一邊是數道門，每個門上都寫著字——「預備生育區1」「預備生育區2」……「預備生育區10」。

此時，所有房間門都已經關閉，但是每個門口都站著一個穿著灰色工作服的工人和一個女人。工人們面無表情，目光整齊地看向通道盡頭的一扇門，女人們有的低著頭，有的眸光發亮地看著遠處。

不多時，一道聲音在上方傳出：「我的小可愛們，餵食的時間已經結束，你們做得很好。現在把合格的雌性帶到生育區，讓她們開始工作，為主宰服務吧！」

這道聲音落下之後，工人們領著手下的女人們，整齊劃一地朝著通道盡頭的大門而去。

由於通道實在過於狹窄，言晃只能小心翼翼地跟在他們身後，保持著與他們差不多的速度，這樣既不會驚動他們，又能使他們一直在自己的視線之中，不會跟丟。

第十四章　逃離牧場行動

一踏進生育區，看到眼前的場景，言晃眼睛陡然大睜，大腦「轟」的一下炸開，渾身止不住地輕顫。

整個空間很大，以中間的走道劃分成了兩個區域：左側是一個個整齊排列的玻璃箱，每個玻璃箱裡都關著一個女人，她們的肚子巨大，雙眼無神，透著一股死氣，全身上下連接著各式各樣的輸液管；右側是一個個小型玻璃箱，裡面放著大量的藍色液體，在液體中央，放著還未成型的胚胎。無數穿著白長袍的工人在其中忙碌、穿梭。

中間走道盡頭的牆壁上，有一張布滿了半張牆的螢幕，周圍還有無數小螢幕，下方則是一個操作台，在那裡坐著的不是工人，而是一隻和人類差不多大的蟑螂。

蟑螂在中央監管著周圍的一切，也監察著所有資料。

「BF107-937體內的四個胎兒已經達到合格狀態，立刻進行胚胎轉移，試管培養。937距離絕經期只剩兩年，這兩年內她需要再孕育五次，現在沒時間休息了，等拿走胚胎，將她送到母乳區，用機械取奶後直接注射排卵針，進行下一次受孕。」

073看到這一幕時，生物本能讓她知曉那是可怕的事情，想要逃離，在她意識到這點的瞬間，帶她過來的工人已經熟練地把她關進了籠子。073尖叫著，憤怒地拍打著籠子，但毫無意義，穿著白長袍的工人上前，在她身上注射了藥劑，她很快便安靜下來。

言晃被眼前的一幕震驚到說不出一個字來，內心的悲憤化作火焰，想要燒掉這裡的一切。只是理智告訴他，現在必須忍耐，他是所有人的希望！他不能暴露自己，所以他只能不斷在心中勸說自己「這是副本，這是副本」，努力冷靜下來。

通往下一個房間的門並未找到，但是左右兩側的牆壁上都有一個輸送帶，左側輸送帶上方寫著「母乳區」，右側則是「試管培養區」。言晃想了想，在系統商城買下了一個「中級全視角探測」放在原地，而後貼著牆壁，躡手躡腳地朝著母乳區的輸送帶過去。

這一次，言晃很順利地便從生育區抵達了母乳區。在跳下輸送帶後，他立刻貼著牆壁站好，開始觀察周圍的情況。

這裡似乎是乳製品加工室，房間中央有一個和房間一樣高的巨大玻璃瓶。環境極為乾淨，工人們的白色工作服上也沒有一絲汙漬，只不過神情都很麻木，手上動作不停，彷彿機器一般，進行著各種各樣的加工流程。最後奶水有的被裝入瓶中，有的則被二次加工，製成了乳製品。

言晃開始貼著牆慢慢行走，想尋找離開的方法。這時他看到不遠處有一個新的輸送帶，似乎是運送乳製品出去。

這種輸送帶應該會和外界相連。言晃一邊想一邊往那個方向走去，感覺後背碰到了什麼東西，還沒反應過來，警報聲突然響起。

「有人類混入乳製品加工間！抓住他，抓住他！獻給主宰！」

一聲落下，本來神情麻木的工人們全都變得凶惡無比，一邊尋找一邊用貓看老鼠的眼神四處張望著。

言晃神色一凜，用自己靈活的身法與高數值的敏捷，動作如行雲流水般穿梭在他們中間，向著那條新的輸送帶跑去。

此刻，頭上傳來震耳欲聾的聲響：「還抓不到人嗎？」

正在尋找言晃的工人們聽見聲音皆瑟瑟發抖，眼神充滿畏懼。「主……主宰……我們找不到……」

主宰冷哼了一聲：「找不到的話，就封鎖所有出口。」

「是。」

言晃聞言，步伐又加快了幾分，就在他距離傳送口還有半公尺遠的時候，頂部的艙門忽然打開。言晃抬頭看去，藍天與白雲又一次出現在眼前，讓他一時有些恍惚，腳步慢慢停了下來。

周遭的一切似乎全都消失，陽光之下只剩他一人。言晃慢慢抬起手臂，想要感受陽光，下一秒，一隻長滿了毛的大手遮住了陽光，進入了他的視野，讓他瞬間回神。

只見那隻大手緩緩張開，向下壓來，似乎要將這裡的一切壓扁。工人們驚慌失措，全都抱在一起，連反抗的意志都沒有。

這隻手若是壓下來，想殺死自己就像碾死一隻螞蟻一樣簡單。言晃十分緊張，幾乎沒有多加思考，疾馳兩步，而後縱身一躍。

在言晃身子鑽進輸送口的一瞬間，背後緊跟著就傳來一陣轟隆聲，以及無數人的慘叫聲。言晃狠狠喘了幾口氣，往回看了一眼。

大手已經消失，地上一片狼藉。看到這些死亡的同胞們，言晃心裡的難過和歉疚還沒湧現，又被眼前的另一幕再次震驚。

一道暗影降下，一個與方才那乳製品加工室一模一樣的房間出現了，接著，新的工人來到了房間，他們若無其事地工作著，彷彿什麼都沒發生過。

這一刻，言晃只覺得可怕極了！那精密的加工廠，彷彿只是主宰眼中的玩具，可以隨意被摧毀、被組裝。

輸送帶重新恢復工作，言晃本來想離開，卻在不經意間發現輸送帶的不遠處似乎有亮光——那亮光不是燈光，而是太陽。

看來這裡的確和外界相連！言晃確定了這一點，便坐在原地沒動。片刻後，他看到了與之前不同的景象——沒有不見天日的冰冷，沒有腥臭難聞的氣味，也沒有了恐怖的壓迫感，取而代之的是藍天、白雲和高大的樹木……不，不是樹木，是巨大的狗尾草！

言晃環視四周，發現自己並沒有離開牧場，而是來到了一個有著玻璃房頂的巨型房間。房間中沒有地板，用的是一個巨型草叢。穿過草叢，便是輸送帶的盡頭——一個裝滿了瓶裝奶的貨架。

一隻大手自上方而落，言晃趕快從輸送帶跳到了一個較為平整的巨型葉子上，再利用其他葉子藏起自己的身形。

主宰並沒有發現他，而是拿起一瓶奶，喝了起來。「會逃跑的人類，可不能輕易走出牧場啊！」

透過葉子縫隙，言晃終於看清了所謂的「主宰」是什麼模樣——一隻龐大的、棕褐色的猩猩。在這隻猩猩的對比之下，言晃宛如螻蟻般渺小。

巨型猩猩轉過身，走了幾步，坐在一把椅子上，在牠面前有一整面牆的監控器，此刻正播放著牧場裡的每一處畫面。

如此龐大的牧場，竟只有一個主宰在管理……說不出來的感覺堵在言晃心頭。

忽地，耳邊有貓叫聲傳來。

言晃捂住耳朵，轉頭一看，一隻橘貓舔了舔自己的爪子，對猩猩說：「喵嗚，我想買一隻身強力壯的公鬥人。你上次給我的那個太弱了喵，被二狗的公鬥人幾下就打骨折了，二狗還嘲笑我喵，要我不要再玩鬥人了！實在是太過分了喵。你這次不給我個厲害點的，我下次就不在你這裡買了喵。」

猩猩摸了摸自己的腦袋。「我這裡養的人吃好喝好，怎麼會輸？好吧，看你是老顧客了，這次就讓你自己挑。」

橘貓興致勃勃地朝著另一側的貨架走去，鋒利的爪子一一掃過被鎖在籠子裡的男人。「喵嗚，我要挑一隻最強壯的。」

這些男人渾身布滿傷疤，見到橘貓的時候，他們懼怕地發著抖，卻仍然安分地跪在籠子中央，任憑挑選。

言晃目射悲憤，咬牙握緊了拳頭。這些人類恐怕不是第一次經歷這些了，他們身上的傷口早已結痂，而心裡的傷口永遠都無法癒合。

橘貓一邊選一邊問：「你這裡有人類要逃亡？」

猩猩聽到這話之後也是略顯煩躁，摸了摸自己的後腦杓。「他們逃不出去的，我不會給他們這個機會！」

橘貓眼睛一瞇，笑容中帶著幾分警惕。「不能讓人類逃出來！會逃跑的人類很危險喵。如果你這裡被發現有人類逃跑的話，主宰監察局可是會找上門來的喵。」

猩猩掃了橘貓一眼，「嗯」了一聲。「你別囉唆了，快選一個走吧，別再煩我。」

橘貓用爪子勾住一個籠子，放在地上，用嘴咬住上面的鉤子，搖搖尾巴準備離開，臨走之前，那橘貓又轉過頭跟猩猩說：「對了，過兩天就是祭碗禮，你要準備好最適合獻祭的人類喵，你可是我們這裡最棒的供應商呢喵。」橘貓說完，便靈活地帶著籠子跑掉了。

猩猩冷哼一聲，看著上面的監視器畫面。

「說得簡單，找兩個覺醒了一定智慧的人類哪有那麼容易！又不能讓他們學習，不然跑出去可就危險了……唉，不過畢竟是祭碗禮，也只能想想辦法了。」

言晃一直都藏在角落裡偷聽。會逃跑的人類很危險？這種危險指的是什麼？在牠們眼裡如螻蟻一般的人類，危險在哪裡？

言晃心中隱隱約約有個猜測，卻不能肯定——主宰在某一方面可能也懼怕著人類。

祭碗禮？聽起來對主宰們好像十分重要。過兩天就舉行嗎？或許是一個機會。言晃心中暗暗盤算著，如果他想帶著349逃出去，就一定要製造混亂才行。什麼樣的混亂才能讓周圍那麼多被馴化的人亂起來呢？要知道，他們可是連反抗的意志都沒有。

天色逐漸暗了下去，言晃覺得這個牧場已經探查得差不多，該回去了，要是餵他們的那個工人發現他不見了，一定會上報主宰，這樣不僅逃脫難度增大，349很可能也會有危險。

言晃早已將在猩猩主宰那裡看到的牧場地形圖記在腦海，如今回想一下，很快就找到了一條回去的路。

他跳到輸送帶上，返回了乳製品加工廠，又偷偷解決一個工人，將工人服穿在自己身上，試探性地解除了潛行狀態。

其他工人沒有任何反應。

果然，工人只認標號，並不認人。言晃放鬆了幾分，按照腦中記下來的路徑，順利返回預備生育區的牢房，並順手在每個預備生育區的牢房開關上，都安裝了一個微型聽筒。

言晃在打開自己牢門的一瞬間，聽見了349的慘叫。他心中一驚，腦裡瞬間閃過無數危險畫面。

349和另一個女人待在一起，女人背對著言晃，349在她身下。當言晃開門時，眼前的畫面便是女人壓著349，地上的稻草還淌著血水。

言晃立刻將女人推開，下一秒，他便看到349捧著自己的肚子，身下都是血。

言晃的腦袋宛如雷擊。這是，初經？

言晃瞬間想起在生育區看到的悲慘場景。如果上面的人換成349……他眼神冰冷地看向剛剛被他推開的那個女人。

那女人身軀發抖，害怕地蜷縮了起來。

349快點解釋：「疼……她幫我，血不流了……冷……她抱我。」她一邊比畫一邊說著。在經過言晃的指導後，她的語言能力竟然在短短的時間內有了驚人的進步。

言晃立刻懂了她的意思。這個女人竟然會幫助他們？他幾乎能斷定這個女人沒有經過任何學習，但現在她表現出來的，卻是言晃在這世界少見的一種特殊、難以名狀的東西——人性。

言晃看著女人，陷入沉思，最後也不管女人能不能聽懂，對她道了個歉，然後他在系統商城裡買了一些食物，分別給349和女人吃，兩人都吃得很快。

言晃思索片刻，最後打開了「唐鑫的新書」，上面已經出現了全新的資訊，而這一次的資訊，讓言晃對之前自己的猜測，更加肯定。

人類牧場——主宰（猩猩）

力量：200

敏捷：15.0

智力：0.7

天賦：馴化

介紹：一隻平平無奇的猩猩，或許會比普通的猩猩稍微強那麼一點、聰明那麼一點。因為體型與能力，被監察局的主宰安排管理人類牧場。

人類牧場——人（被馴化）

力量：1.0

敏捷：1.0

智力：0.1

天賦：無

介紹：上一次百族爭霸的冠軍，曾被譽為完美生命體。不過時過境遷，人類的時代已經過去，他們失去了霸主地位，在被馴化之後，誰又能記得那段歷史呢？

這兩份資訊讓言晃徹底確定了，在這個副本，主宰們在一定程度上還是害怕人類的，或許詞條中所說的「人類的時代」便是他所熟悉的世界。只是言晃仍想不明白，就算主宰們擁有一定的智力，人類也不至於輸得這麼徹底，這完全就是一次「滅絕式」的重啟。何況主宰們覺醒的智力並不高，猩猩作為主宰之一，智力水準也不過是0.7……

其中一定還發生了一些事。

言晃覺得自己有必要去看看所謂的「祭碗禮」到底是什麼，畢竟這是目前唯一的線索。他在回來的路上已經大概想好了潛伏策略，只差……

言晃看向一旁的349，對方還在啃著自己手裡的食物，臉上帶著笑，即便灰頭土臉，依舊能看到小女孩身上滿滿的靈氣，讓人覺得很討喜。言晃想起了江蘿，不過那個小丫頭比349暴躁多了，也不知道她現在怎麼樣了。

349吃得狼吞虎嚥，言晃用手替她擦了擦嘴，叫了她的代號：「349。」

349茫然地抬起頭，眨了眨眼睛，又咧起嘴笑得格外燦爛。「在！」

言晃深呼吸，最後還是決定將生育區的事情告訴她。349的智力水準不低，在現實世界中絕對算得上天才，對言晃所說的雖然有一些理解障礙，但也能明白大部分意思。

聽完言晃的話，349連連搖頭。「我不去！」

言晃雙手握住她的肩膀，認真地說：「好！」

349咧開嘴笑了。在她眼裡，100是個無所不能的人類，有他一句話，她便安心了。

言晃不明白她的想法，鄭重地對她說：「但是，我現在要給妳兩個選擇：一是我會想辦法把妳帶出去，不過妳離開後可能會流浪，要靠自己去尋找食物、去生存；二是我需要妳幫我，我們會做一件很危險的事，這件事如果成功，可能會讓我們所有人都可以離開牧場。如果失敗了，妳會死，我也會死，我們都會死，什麼也改變不了。」

言晃承認自己有私心，想要說服349跟他一起成為祭碗禮的祭品，一起去探尋在這個副本裡時代變了的原因。

349認認真真聽完了言晃的話，小小的腦袋瓜裡沒有裝太多東西，她能感覺到言晃的認真與期待，她當然明白死是什麼意思，但她考慮不了太多。她指了指自己，又指了指言晃。「我，幫你……你會開心？」

言晃點點頭。「會。」

349看著他的眼睛，只覺得他的眼睛很漂亮，比朵朵的眼睛還要漂亮。她彎著唇笑了。「我幫你。」

她很篤定，這讓言晃心有不忍，他伸手抱住349，說了聲「謝謝」。

言晃將自己的計畫告訴349，說完便要349早點休息，以應付明天將發生的一切。

349躺在稻草上，睜著眼睛，凝望著天花板，忽然對言晃說：「100……聽……故事。」

言晃曾告訴過她有種名為「故事」的東西，很有意思，她記了下來。言晃想講個最經典的童話故事給小女孩，但在他開口之前，349主動提出要求：「你的……故事。」

言晃一愣，心裡有種奇怪的感覺。他的故事？他側目看向349，349也看著他。不，349並不是在看他，而是在看他們。

「靈魂……意志……智慧……想聽。」349的眼底流露著認真。

她很聰明，能猜到言晃的生存環境與她並不相同，她那一丁點的語言能力和思考能力讓她成為這個世界的異類，令她覺得難過、寂寞，覺得那些同類好可怕。但100不一樣，100是一個神奇的人。她想聽一聽100的故事，最好能讓她知道更多關於像100一樣的同類的故事。

言晃明白了她想要什麼。他在她的身上看到一種力量，名為「希望」的力量。

言晃將現實世界裡人類的生活告訴了349，349越聽，眼睛越亮。

那是一個多麼幸福的世界啊！人類可以享用各式各樣的美食，還能隨意行走在任何地方，無拘無束。如果她能生活在那樣的世界裡，那該有多麼好啊！她越聽越喜歡，越聽越嚮往，同時也好奇：「主宰呢？那裡沒有主宰嗎？」

言晃聽到這個疑問，停滯片刻，苦澀地笑了笑。「有！不過，那裡的主宰是人類。」

349臉上的笑容以肉眼可見的速度消失。她歪了歪腦袋，問言晃：「那……有什麼區別呢？」

這個問題讓言晃第一次有種無力解釋的感覺。他抿著唇，苦思冥想，也沒想出來到底該用什麼樣的答案去回答349這個問題。

349見言晃很苦惱，趕忙說：「沒關係，我明白……都想不痛，那為什麼……不痛的，不能是我呢？」

言晃明白她的意思。如果一定要有一方成為主宰的話，所有生物都希望自己能夠成為主宰。

她抬起手，看著自己緩緩打開的手掌說：「我會幫助100，一起……讓人類……不痛的。」

言晃說了一聲「謝謝」。今夜，他注定要因為少女這個單純的疑問而失眠了。

有什麼區別呢？是啊，有鬥爭的地方就有輸贏，萬物平等的世界是不存在的。如果他從出生起就不是人類，那又會是一番怎樣的景象呢？

翌日。

人類牧場中的鐘聲響起的同時，言晃也睜開了眼睛。負責他們房間的工人現身，他打開大門，一如既往地將食物倒出，看到了稻草上的血跡，他眉頭一皺，目光鎖定在349身上。

349站在最後面，低著頭，一丁點反應也沒有。

那工人一句話也沒說，直接把手中的掃描槍對準了349，一步一步逼近她。此時，在他背後的言晃看準機會，用「家庭和睦之刀」刺進了工人的背部。

工人瞪大眼睛，立刻喊了一聲：「啊——！襲擊！襲擊！」

其他房間的工人們立即意識到危機，為了自保，他們本能地退出了房間，按下房門的關閉按鈕時，卻發現所有的房門都關不上了。他們看了一眼房間裡那些神情麻木的女人，見她們縮成一團，完全沒有想要逃跑的意思，便放下心來——只要這些人不逃跑，那他們就不會受罰。

這時，言晃使用了「幻象模擬器」。於是在所有女人眼中，站在房門口的不是工人，而是一塊滋滋作響的烤肉。那種肉是這裡的人類從未見過的，散發著無比誘人的味道，這種味道刺激著她們的神經，讓她們分泌唾液，饑餓感不斷飆升，最後，她們不受控制地撲了上去。

言晃抱起349，趁亂逃跑。

進入生育區之後，言晃第一時間將昨天安裝的所有投影機全部打開，將預備生育區此時正在發生的景象放給眾人看。

畫面中，那些僅次於主宰的工人，在女人們的攻擊下痛苦不堪，絲毫沒有壓倒性的力量，甚至完全失去了抵抗能力。

生育區的工人們見了害怕得瑟瑟發抖，玻璃箱裡的女人們則看到了希望，拚命用她們瘦弱的身體撞擊玻璃。

在最中央的蟑螂看到這一幕，六隻腳全都顫抖起來，牠拿起一根長長的鞭子，大喊著：「這是造反！你們這些可恨的廢人！」

就在牠鞭子落下之際，言晃悄然無聲地出現在牠旁邊，用「家庭和睦之刀」切斷了牠握著長鞭的那隻腳。

蟑螂吃痛，張大嘴巴，發出高頻音波與臭味，這兩者會刺激人類的神經進入一種奇怪的迷幻狀態。

言晃的智力很高，精神力也夠強，並沒有受蟑螂影響，直接拿起地上的鞭子對著蟑螂的後背便是一頓抽打。

「啪！」一聲落下，蟑螂的殼被打破，疼得吱哇亂叫，再也無法發出音波和臭味。

蟑螂的叫聲吸引了所有人。人們看到這一幕，紛紛愣在原地，只覺得心裡那座不可跨越的高山，此刻竟然被一個人一手推翻。

他們始終覺得自己逃不出蟑螂的控制，現在，言晃正在傳遞一個訊息給他們——主宰並非不可戰勝！

鬼使神差地，人類停下了一切行動。

意志是一道神奇的門，當它封禁之時，汪洋般的智慧都無法滲入門中，而當門被鑰匙打開後，門後的世界將會產生一股可怕的能量。

如今，言晃的一舉一動，傳遞的每一個訊息，都是鑰匙。他打開的第一扇門是349的，於是349扯下了自己的標牌，拿起地上的食物殘渣，勇敢地砸向蟑螂。

逐漸地，人們開始效仿，用各式各樣的方式去進行反擊。工人之中有反擊蟑螂的，也有回擊人類的，還有人偷偷打開了玻璃箱，將裡面的女人放了出來……場面頓時混亂了起來。

吵鬧聲終於吵醒了猩猩主宰，牠暴怒的聲音回蕩在房間之中。「該死的畜生，你們在幹什麼！」

一瞬間，艙門打開，龐大的腳掌自上方落下，人們驚恐無比，與此同時，人們驚奇地發現，這裡所有的門竟然都被打開了，溫暖的陽光照在他們身上，那是他們從未看過的景象——藍天、白雲、太陽、青草……何等的美麗，與牧場中的一切都不同。

言晃跟349一邊對著這些人類揮手一邊喊：「跑出去！」

人們不懂主宰語，但懂得肢體的語言。他們看著言晃和349衝出房間，心中悸動著一種澎湃的情緒，這種情緒化作力量，讓他們發軟的雙腿重新站了起來，朝著距離自己最近的門跑去。

猩猩還未睡醒就接到了蟑螂的信號，一睜眼就發現了這幅景象，牠震怒地咆哮著，發誓一定要將這些人都殺死。想要逃出去？想都不要想！

牠用兩隻手堵住出口的大門，此時，警報聲響起，牠扭頭看向監控，發現整個監控牆都閃爍著紅光，原來出亂子的不只是生育區，這龐大的人類牧場，四面八方竟然都有人類在反抗！

猩猩主宰雙眼發紅，暴怒地用雙手捶打著面前的牧場，牠一拳下去，地面開始搖晃，人們的腳步開始混亂，有的人跌倒在地，有人在猩猩的拳頭下死去。

但人太多了，那密密麻麻的身影讓猩猩主宰第一次感到了危機。

是誰？到底是誰教會他們逃跑的？他要把那該死的人抓起來！

人群之中的言晃和349，看著周圍不斷有人死亡，同時也有人朝著陽光燦爛處跑去。

言晃覺得自己做的一切都值得了。他昨天可不是只在他們那一個區域設了投影機，而是將整個牧場都裝了。

他們那個區域所發生的事，在同一時間傳遍了整個牧場！猩猩的監控畫面顯示這裡一共有一百零七個區域，每個區域容納的人類超過兩千，最多的甚至有四、五千名！人數一旦多起來，單一隻猩猩再強大也無可奈何。

一切都朝言晃所預料的方向發展，但還有更重要的事情。他現在必須靠近猩猩。

言晃看向349，349的小臉露出堅定之色，對他點了點頭，於是言晃抱著她奔向猩猩主宰。

螞蟻般渺小卻與龐然大物做鬥爭的人類此刻正奔跑在草地上，他們髒汙的臉上帶著笑容，受到壓迫的靈魂在此時盡數解放。

這一幕有種說不上來的美，牽動著實況台所有人的心跳。

「這個副本太可怕了，如果是我的話真不知道該怎麼辦。」

「我從沒想過，原來生而為人會這麼美好……」

「只要有一個人活了下來，人類就還有機會。」

猩猩主宰著急地大喊著：「關閉大倉門！」

隨著牠的聲音，空中降下了四面密不透風的牆壁，瞬間阻攔了人類奔跑的步伐，將他們圍堵在牧場之中。

猩猩主宰怒不可遏。「這件事絕對不能讓監察局的人知道，我要趁牠們趕來之前將這一切打掃乾淨！這些可恨的生物！」

牠轉過身，拿起吸塵器，對準地面，強大的風力把所有人吸入其中。

此時，言晃與349已經來到了猩猩主宰的身後。言晃抱著349跳上貨架，一層又一層，最後落在桌子上。

桌面上猩猩主宰的電腦螢幕正亮著，聊天紀錄一目瞭然。

猩二：哥，明天就是祭碗禮了，你到底準備好祭品沒？這可是最重要的事！

猩大：現在完全不讓人類接觸任何能夠開智的東西，想要找到具有一定智慧的人類，哪裡那麼簡單！監察局的人難道就不能專門培養一些用來成為祭品的人類嗎？

猩二：你瘋了?!這話可別讓其他主宰知道了，要是傳入監察局耳朵裡，你就完了。人類如果掌握了智慧，那後果你是知道的，難道你想回到上個時代嗎？神碗好不容易讓我們擁有了主宰一切的力量。

猩大：知道了知道了，你別再囉唆了，我先睡一下。

猩二：好，那你一定要記得這件事啊，別忘了。

猩大：知道了知道了。

對話到這裡就沒了，不過言晃還是得到了極為重要的線索。

主宰們始終對人類保持恐懼，因為牠們記得上一個時代發生的事，所以牠們奴役人類的身體，限制人類的思想，讓人類變成沒有意志和能力的生產物。而讓牠們推翻上一個時代，擁有如今這番天地的，正是那名為「神碗」的東西。「神碗」，大概就是祭碗禮所祭的「碗」。

正在言晃思索間，猩猩主宰也發現了他跟349。「該死的人類，竟敢出現在我面前！」猩猩主宰打算一拳直接砸過去，就在這個時候，言晃和349都不約而同地高高舉起了自己的右手，一下又一下地表示著自己的抵抗，同時，言晃的左手也隨時準備好帶349逃開。

猩猩主宰目光一凝。「這是……」

牠不會看錯的，沒有智慧的人類不會做出這個舉動，而且兩個人一起做出來，絕對不會是湊巧。

言晃也在這片刻的停頓中看出了什麼，壓低聲音對349說：「我做什麼妳就做什麼，要快。」

349「嗯」了一聲，看向猩猩主宰的同時，又用餘光注意著言晃的動作。

猩猩主宰打算測試一下，於是牠的拳頭重新落下，眼睛一眨不眨地盯著兩人。

言晃看到那巨型拳頭，第一反應就是用手護住自己的腦袋，雙腿更是飛快朝著另一邊跑去。349學他護住頭，緊緊跟著他。

猩猩主宰眼睛一亮，又用手指阻擋他們往前的路。

按照以往的慣例，人類會認為前面已經沒有路了，選擇轉頭離開，但現在，這兩人做了一件讓猩猩主宰無比新奇的事——他們攀上了牠的手指，抓住牠手上的毛，往上爬，試圖翻越過去。

這個舉動，讓猩猩主宰徹底興奮起來，牠用另一隻手抓住言晃和349，哈哈大笑。

「真是得來全不費工夫，我找到祭品了！這次的動亂就是你們兩個引起的吧？」

牠當然不對兩人抱著有任何回應的期望，但他們的出現確實讓牠解了祭品這個燃眉之急，很大程度上緩解了牠心裡的煩躁。

雖然有人類逃亡會讓牠受到監察局的懲罰，但這種懲罰遠比不上交不出祭品的懲罰，畢竟對牠們而言，祭碗禮才是最重要的。

猩猩主宰找來一個籠子，將言晃和349關在裡面。牠在籠底鋪了兩張紙，還準備了一些新鮮的麵包，用手指撕碎放在籠子裡，還將一個放滿水的瓶蓋也放進去。

這樣，一個精緻的牢籠就完成了。

猩猩主宰將籠子放在自己桌子上，並不覺得言晃他們能逃得出去。

言晃跟349在猩猩主宰準備的囚籠之中乖乖待著。他們已經讓猩猩主宰認定是能夠成為祭品的存在了，等到明天，猩猩主宰自然會帶他們去那個所謂的祭碗禮。

349還是有點害怕，躺在籠子裡瑟瑟發抖。言晃用手放在她的頭上撫摸著，安慰她：

「不用擔心，一切都會好起來的。」349在言晃的安撫之下慢慢睡著了。

猩猩主宰繼續整理著一切，等牧場恢復原狀，從表面上看不出有任何差錯的時候，牠才鬆了一口氣，繼續使用設備聊天。

猩大：剛剛牧場發生了一些事情，不過不用擔心，只是一些無傷大雅的小插曲而已。

猩二：沒事就好。

猩大：告訴你一個好消息，我找到祭品了。

猩二：真的？實在是太好了！明天早上你一定要早點把祭品帶過來，今晚送過來也行。

猩大：開智的人類太難對付，就今晚吧，早點交出去，我的擔心也就少一點，不過現在是我的午睡時間，我要繼續睡一下了。

猩二：好，你繼續睡吧。

猩猩主宰關閉了聊天室，心情不錯地對著言晃和349說：「午安，祭品們。」說完便邁著大步朝著自己的床走去。

言晃一直觀察著牠，等牠開始打呼之後，才看著籠子靠近底部的一塊區域。「這裡會變成門。」

——謊言判定為對立性事件，判定成功。

「欺詐者的天賦升級了？竟然可以作用於非生物了?!」

「謊言判定成功?!」

言晃小心地打開門，跳到桌子上，觀察周圍，確定自己的路線。他助跑了一段距離後，輕輕一躍，便來到了存放乳製品的貨架上。剛想跳到輸送帶上，猩猩主宰的打呼聲突然變大，甚至直接喊出：「你們要幹什麼?!」

言晃身體頓然僵住，猛地朝著猩猩主宰看去，但猩猩並沒有醒過來。

原來是夢話啊！言晃鬆了一口氣，快速跳上輸送帶，飛快地將新的牧場轉了一圈，並且在每個門口都重新安裝了一個萬能開鎖器，又設好開啟時間。

搞定一切後，言晃快速往回跑，想要回到自己的籠子裡。他剛進房間，就看到349神情焦急地在籠子裡走來走去，側頭一看，原來猩猩主宰已經醒了，此刻正坐在床上，不解地看著那個僅剩一人的籠子。

「嗯？」猩猩主宰揉了揉自己的眼睛。

趁此機會，言晃拿出「幻象模擬器」，改變了猩猩主宰所看到的籠子裡的場景。

猩猩主宰放下手，重新看向籠子。嗯，籠子裡是「兩隻」人，但是剛剛明明只有「一隻」啊！猩猩主宰向著籠子靠近，躲在一旁的言晃不由得緊張起來，一動也不敢動。

終於，站在籠子面前的猩猩主宰開口了：「真是年紀大不中用了，竟然還能看花，哈哈哈哈，裝在籠子裡的人類，怎麼可能跑出去呢？」

言晃鬆了口氣，但凡猩猩腦子好一點，他今天就要死在這裡了。不過，新的問題也隨之而來，猩猩主宰已經醒了，那麼……

「時間差不多了，我先帶你們去祭碗禮。真不知道你們這些弱小的人類當初是怎麼主宰我們的，智慧……那玩意兒能有多少用啊？」猩猩主宰一邊自言自語，一邊提著籠子朝外走去。

還真是怕什麼來什麼啊！言晃咬牙，追了上去。可是猩猩主宰身軀龐大，那一步，相當於言晃的無數步，就算言晃現在的敏捷數值高達4，一時之間也難以追上。

睡醒起來不洗臉不刷牙，你直接開始做事？能不能講講衛生！言晃一邊在心裡怒罵著猩猩主宰，一邊全速奔跑，但他們之間仍然有很大差距。

所幸大倉門之前被猩猩主宰關閉，現在牠需要停下來重新打開，言晃抓住機會，一個飛躍，在大倉門打開前的那一刻，跳上了猩猩主宰的腿，抓住了牠的腿毛。

言晃剛鬆了一口氣，隨之而來的是一股比牧場內更加難以接受的氣味，讓他差點直接暈死過去。不過還好，他起碼抓住了毛，不至於摔下去。

言晃屏住呼吸，開始抓著猩猩主宰身上的毛往上爬。或許是他力道太太，竟然讓猩猩主宰有了感覺，一道熱浪襲來，巨大的巴掌就要拍下。

言晃趁機跳上牠的手腕，躲過一劫，沒想到，猩猩主宰收回手時的速度對他而言堪比突然墜落的飛機，讓他只覺得天旋地轉。唯一慶幸的是，他在被對方發現之前，已經精確地將「家庭和睦之刀」拋出，刺破了猩猩主宰另一邊的手臂。

「什麼東西？」猩猩主宰腦袋一低，視線一轉。言晃抓住機會，跳上牢籠，順著杆子往下滑，打開了自己利用天賦創造的門，然後迅速關掉了「幻象模擬器」，整個動作行雲流水，一氣呵成。

「家庭和睦之刀」回到背包，言晃這才安心下來。

猩猩主宰似乎是沒發現，眼睛裡有些茫然，但看著籠子裡的兩人依舊乖巧地坐著，便沒有多想，只當自己不小心碰到了什麼東西。

猩猩主宰的目光移開後，言晃才放鬆地躺下，大口喘氣。目睹言晃一系列行動的349的眼睛則亮得不得了。「100，厲害！」

第十五章　文明之火

這是一個漫漫長夜，言晃和349在顛簸的籠子裡望著四周。他們好像被帶到了一條大街上，這裡的建築樣式繁多，燈光不算明亮，只有幾盞孤燈照著，街道上卻有很多主宰。主宰們的形態也大不相同，其中最多的是貓和狗，體型格外龐大，牠們的爪子套在繩索上，繩索的另一端拴在人類的脖子上。

有一些體型較小，一看就是幼年期的主宰們，此刻正圍成一圈，盯著中間的小木樁子上的人類大喊——

「無敵戰神，打死他們！」

「打啊！打啊！」

人們被迫與同類扭打在一起，眼裡沒有任何神采，也沒有任何反抗，所作所為只是為了生存。言晃想到了傳說中的斯巴達鬥獸場，那裡不僅舉行過千人以上的大規模決鬥，還舉行過野獸與人的對決。

和如今的情況多麼相似……言晃心頭酸楚，人類和動物之間並不是不能好好相處，很多人也真心喜歡動物，會好好保護牠們。這世上，不僅有好人也有壞人，總會有人為了滿足自己的私欲，殘忍地對待動物們。他們認為動物的生命不值得尊重，但世上每一個生命都有自己存在的意義和價值，沒有人有權力去左右。

「這應該就是公鬥人吧……我曾經玩過鬥蛐蛐、鬥雞，只覺得好玩，但現在，我覺得悲哀。我們都是地球上一個微不足道的生命，而我們覺得自己高高在上，隨意掌控比我們弱小的生命。」

「這個副本世界給我的震撼太多了，我剛開始還在憤怒那些主宰恣意欺辱人類，可是回頭再看，這不就是我們圈養動物的場景嗎？」

「人類曾經對動物們的傷害，在這個副本中，全數加到了人類身上……」

「只有切身體會過，才會知道人類做過多少錯事。」

349難受得厲害，蔫蔫地靠在言晃身邊。言晃安慰著她，就像安撫一隻正在擔驚受怕的小貓。

這條街道猩猩主宰走了很久才走出去，不過在走出去之前，牠先進了街道盡頭的一家寵物店。寵物店的老闆也是一隻黑猩猩，猩大一進門，便先和牠寒暄了兩句。

「猩二，生意怎麼樣？」

原來這就是聊天紀錄裡的猩二，言晃心想。

「就那樣。」猩二一邊說，一邊將火把遞給牠。「走到聖地口的時候，記得把火把熄滅，千萬別把火帶進去。」

「放心吧，我不會犯這麼低級的錯誤。」

兩隻猩猩簡單交流了幾句之後便分開。猩猩主宰拿著火把，獨自在黑夜裡行走，火把微光在黑夜裡顯得搖搖欲滅。言晃也不知道牠到底走了多久，只覺得自己在這晃動的籠子裡也有了幾分睏倦，而一旁的349此刻已經入睡，只是睡得並不安穩。

終於，猩猩主宰停了下來。言晃打起精神，一邊叫醒349，一邊觀察著四周。

面前有一個帳篷樣式的巨型山洞，裡面隱隱約約傳來聲音，但聽不清。洞口處有一隻猴子和一隻飛鳥，不遠處有一棵極高的大樹，樹頂上方有一個半球形器皿。飛鳥見到猩猩主宰，將牠手上的火把用爪子抓住，飛到半球形器皿的上方。

「轟——！」火焰將器皿下凹的地方點燃，也將周圍照亮。

言晃抬頭看去，發現在下凹部分的正中央，也就是圓心處，有一個火焰的標識，周圍則刻著各種動物圖案：貓、狗、鼠、猴、蜂、蝶……數之不盡，就像是不同部落的圖騰一般。

這些圖騰在火焰照耀之下，在光影的忽閃忽滅中，彷彿有了生命，開始律動著，著實叫言晃心中震撼。然而，有一處更讓他無比在意，那就是在這些數不清的圖騰之中，唯獨少了一類生物——人類。

飛鳥在點燃火焰後，便將火把熄滅。猩猩主宰將籠子遞給猴子，猴子打量了他們一會兒，將籠子放在了一旁的石頭上。

猩猩主宰摸了摸自己的後腦杓。「既然祭品已經送到，那我就先回去了。」猴子卻伸出手，抓住猩猩主宰粗壯的手臂。「這麼著急幹什麼，不想留下來一起參加祭碗禮？」

猩猩主宰瞳孔一震，掩飾不住內心的激動。「我也可以參加？」

猴子點頭說：「監察局那邊說你近兩年表現不錯，產品的品質也很高，正好猩族那邊也有意提拔你。好好珍惜這次機會，搞不好以後你就是猩族的大長老了。」

猩猩主宰激動萬分，甚至忍不住捶胸向月嚎叫。猴子和飛鳥快點拉住牠，要牠收斂一點。

「長老們和族長們還在裡面！神碗面前要肅靜！若是被當成不敬之人，會被趕出去的。你好不容易得到了長老們的認可，不要在這點小事上出差錯。」

猩猩主宰連忙點頭。「是，我會注意，我會注意。」

言晃聽著牠們的話，心裡默默分析。這個山洞就是要舉行祭碗禮的地方，也隱藏著人類變成動物的原因，他必須要提前探一探。但現在這個大籠子裡只有他和349，若是他消失，太容易被發現了，但是等到明天，時間又太緊迫了，來不及……

言晃思來想去，還是決定賭一把，找機會探一探。

猴子打量了他們一下，將籠子放在地上，繼續和猩猩主宰說話。言晃知道自己的機會來了，確定好路線後，直接用「幻象模擬器」改變了牠們眼中所見到的籠子景象——言晃一直坐在籠中，349縮在他身邊。

言晃低聲交代了349幾句，然後打開門，同時開啟「王的夜行衣」的潛行能力，順著石頭滑了下去，潛進洞穴之中。

洞穴裡昏暗無比，幸好言晃有夜視能力，能夠看清此地的情況。地上跪著很多動物，看穿著打扮，外面的應該是各族的族長們，內圈似乎是長老們。此刻牠們雙眸緊閉，雙手合十，嘴裡唸唸有詞。言晃湊近聽了聽，也只能隱約聽到一些「人」「文」「火」之類的字眼，根本無法組成一句完整的話。

言晃四下看了看，也沒找到那所謂的「神碗」，便小心翼翼地朝著最中間走去。

儘管言晃清楚自己正處在潛行狀態，但看著周圍這些龐然大物，心裡也難免有些慌亂，誰要是腿痠了動一動，他可能就直接演一場「出師未捷身先死」了。

越到中心區，言晃越能聞到一股難以形容的惡臭。這種臭味是他在這個副本聞到、最無法忍受的味道，讓他忍不住嘔吐起來，吐得眼淚都擠出來了，而他的大腦更是出現一種難以形容的感覺，就像神魂飄向宇宙天外，身體無知無覺。

言晃使勁拍了拍自己的腦袋，清醒了幾分，再打開自己的屬性面板，查看自己此時的狀態。

玩家：欺詐者——言晃

天賦信息：你行善積德，誠實友善，只要與你相處過，無論是對手還是隊友，都對你讚不絕口。因此你的一言一行都更加具有信服力。

天賦隱藏信息1：自身以外不可見。

天賦隱藏信息2：自身以外不可見。

力量：5.0

敏捷：5.0

智力：2.2

所屬公會：無

狀態：詛咒（極弱）

詛咒：來自人類牧場中百族的祈願。百族火炬接受了百族的祈願，所以受百族火炬影響的人類將滅絕氣運。

綜合評價：生為人類的你，還請小心一些呀！

言晃臉色一變，手心都在冒汗。極弱的詛咒狀態就已經讓他的身體如此失控，那詛咒效果加強之後，又會什麼樣？百族的祈願，到底是什麼？

言晃暫時按捺心中的不安，捏著鼻子走到了中心區，順著味道，看到了傳說中的「神碗」。

那是一隻盛著怪異液體的半球形器皿，看起來和外面那個一模一樣，邊緣處有明顯被掰斷過的痕跡，外側的中心也有一個圖騰，只是這個圖騰和言晃之前看到的所有圖騰都不一樣。

這個圖騰沒有鋒利的爪牙，也沒有飛馳高空的翅膀，它所擁有的，只是簡簡單單的頭顱、四肢和軀幹，靜靜地站立著，明明沒有五官，卻彷彿有一雙眼睛，緊緊盯著言晃。

那是人族的圖騰。

這時，跪著的主宰們開始動了起來。言晃顧不得自己的情緒，就近跳上了一旁的台階，順著柱子往上爬，又找了個隱蔽的角落停下，然後探頭看去，結果看到主宰們從內圈開始依次往上，對著神碗吐口水，然後再換下一個。

此時此刻，言晃終於知道了那帶有怪異氣味的東西是什麼了——那是百族的唾液，裡面充滿了百族對人類的恐懼和憤怒。

發現這個真相的時刻，無數複雜的情緒湧上言晃心頭：憤怒、不甘、難過……

言晃強忍著心中酸澀，看向那器皿上的圖騰，卻發現在那盛滿百族唾液的器皿上，人類的圖騰一直傲然挺立，不曾彎腰。這個發現讓言晃微微一怔，心底驀然湧出了一股難言的激動——人類從不畏懼困難，也不會在面臨險境時折腰，只要有一線希望，便絕不放棄，哪怕歷經千難萬險，也會努力克服，讓自己立於不敗之地！

言晃平復自己的心情，餘光一掃，卻看到那圖騰好像有動靜。他愣了愣，認真看去，發現那原本垂下的手，不知何時指向了上方。

言晃抬頭看去，才發現洞頂上刻滿了壁畫。

壁畫中，人類蹲在地上，用各種工具剖開貓的肚子；人類用各式各樣的液體飼養金魚，試探金魚在什麼樣的環境下能夠生長；對流浪的小動物，人類會用食物偷偷誘惑牠們，然後再殘忍殺害……

言晃屏住呼吸，握緊拳頭，縱使心中充滿了憤怒，面對眼前的一切又深感無力。

這些壁畫，畫的都是部分人類的暴行。每一幅壁畫，都是無數亡魂在吶喊。言晃不但以最壞的打算揣測周圍發生的一切，甚至心裡十分清楚，在他看不見的地方，有更多的惡行時刻在發生著。

人類曾點燃火種，在璀璨的文明中綻放最絢爛的色彩，擁有無數生靈從未敢想過的權力與力量，然而萬千美豔中總有幾分濁色，汙染著一切。這些混濁的顏色可能會將周圍的澄清一點一點暈染……

進入這個副本之前，他見過太多人類的暴行；進入這個副本之後，他又體驗了百族的殘酷。然而他畢竟是人，是創造出無數輝煌文明的人類的一員，即便在這個世界，人類被踩在腳下，即便他在這個世界孤獨無助，他心中依舊從未放下生而為人的驕傲。

他承認，人類確實做過很多錯事。

人與自然本來就應該和諧相處，可是在壁畫上，人類就像不懂事的壞孩子，毫無顧忌地傷害著其他生命。

如今這個壞孩子，終於受到了最嚴酷的懲罰，但這個懲罰又是那樣的不公平。人類之中也有好人，也有真心保護著動物的人，他們不該受到如此不堪的待遇！

言晃握緊的拳頭鬆開了。他看向人類的圖騰，只見原本指著上空的手，一點一點放了下來，但沒有垂下去，而是直直地指著前方，指著——他。

主宰們剝奪了象徵著人類文明的火焰，若是想要人類文明的火焰重新燃起，需要一個最重要的東西——火苗。而能夠改變這一切的，是他。

沒錯，他是火苗。人類能否再一次燃起盛大的火焰，取決於他是否願意幫助人類。

言晃抿了抿唇，剛想從柱子上滑下來，卻見猴子拎著籠子走了進來，他連忙停下動作，偷偷看去。

猴子輕手輕腳地將籠子掛在牆上，言晃發現那裡還掛著很多籠子，裡面最少的有兩個人，最多的有五、六個。他們的神情不像牧場的工人一般麻木冰冷，而是充滿了憤怒和不屈，不停地用弱小的身軀撞擊著堅硬的牢籠，哪怕受傷也無法阻止他們追尋自由的腳步。

言晃被他們的行為震撼，看了看他們，又看了看自己的手心。既然意志尚未磨滅，那麼，就讓我來點火吧！

言晃取出「幻象模擬器」，先為山洞中的主宰們創造了一個新的場景，再正大光明地踩著不同的東西，跳躍著來到籠子附近。

人們很快就發現了這個特殊、自由的人類，不約而同地停下了自己的動作，看著他。

言晃微微一笑，手指輕動，在「幻象模擬器」上拂過，關閉了上一個幻境的同時，又開啟了一個新的只針對在場人類的幻境。於是在所有人類眼中，言晃風輕雲淡地走進了牢籠，然後又走了出來。

這一幕，讓無數人類興奮地大叫。他們知道，這個同類，能夠拯救他們！

已經趁機回到籠子裡的言晃關閉了對人類所創造的幻境，而後偏頭對349低語了幾句，349臉上露出了躊躇之色。

言晃說：「相信我。」這三個字，就是言晃給349的定心丸，其他無須多說。

349雖然不明白100為什麼這麼做，但她知道，他在為了人類而努力。349的眼神逐漸堅定，朝著言晃點點頭，轉而看向其他人，拍拍自己的胸口，高舉自己的手。

其他的人們也學著她，拍拍自己的胸口，高舉自己的手。

這一刻，言晃心裡充滿了感慨。這就是人類，團結一心，無懼無畏。

初陽漸升，溫暖重回大地。

最裡圈的長老們忽地起身，開始高聲呼喊，最外圈的族長們向籠子走來，然後提起籠子，重新回到自己的位置。緊接著，又有許多主宰從洞口處走了進來，言晃一眼便看到了猩猩主宰。

看來，祭碗禮要開始了。言晃平靜地坐在籠子裡，在他身邊，349緊抓著他的手臂。百族的長老們手中握著自己的權杖，開始圍繞著最中心的圖騰嚎叫、舞蹈著，像是在祈禱什麼。

慢慢地，神碗下方的石塊開始以肉眼可見的速度挪動起來，彷彿有生命那般，一點一點堆出蛇身的形狀，在它周圍的每一處地面，都開始出現暗金色的線，這些線朝著最中心蔓延，漸漸攀爬上了石堆蛇身，而後在那張大的巨口中慢慢成形，宛如獠牙利齒。人族的圖騰，就在那堆砌的巨蛇大口之中。

忽地，長老們都停下了，接著，牠們虔誠地對著面前的情景彎腰，再直起身，向著周邊伸出了自己的一隻手——那是在索要祭品。

族長們連忙恭敬低頭，將手中的籠子遞了過去。言晃臉上露出奇怪的笑容，不慌不忙地起身，撫了撫自己的衣袖，目光寧靜深邃。

「時間差不多了。」話音落下的同時，他打開了手中在系統商城購買的道具。

下一秒，神碗上方突然浮現出一個畫面。畫面中，猩猩主宰正在睡覺，突然間，預備生育區發生動亂，片刻後，整個牧場都開始，等到猩猩主宰離開牧場後，牧場各個區域的門被離奇地重新開啟，人類衝了出來。

每個主宰的臉色都很難看，還沒等牠們開口說話，應該守在洞口的猴子驚慌失措地闖了進來。

「長……長老，不好了！外面……影片……」牠看著神碗上方的畫面，顫巍巍地伸手指著。「外面也出現了一樣的畫面！人類暴走了！」

「什麼?!」長老面色一變，隨手指了兩個族長。「快出去看看。」

而此時，影片已經消失，但是有無數微小的身影正從四面八方彙集而來，密密麻麻，他們的隊伍在一點點壯大，最後匯成一片汪洋大海。與此同時，各個角落，人類都在彼此拯救著、呼喚著，儘管他們口中喊出的是些奇怪的字眼，儘管沒有人知道他們的意思，但他們的行為，讓每一個備受壓迫的人類開始覺醒。鎮上的人類開始和主宰對峙起來，憑著自己嬌小的身軀在主宰們的家中掙扎出一條生路。

一人雖然無力，但萬人無可抵擋。一切混亂悄然而至，轟然而出。

兩位前來查看的族長看著面前黑壓壓的人群，背後發涼。

「這是怎麼回事？這是在幹什麼?!」

「這群卑賤的生物是要造反嗎?!」

牠們怒不可遏，厚重的腳掌在地上亂踩起來。無數人倒下了，卻又有無數人站了起來。

兩位族長意識到事情不妙，飛快返回洞穴將外面的情況詳細講述了出來。

族長們和主宰們聞言大驚失色。「該怎麼辦？我們該怎麼辦？如果人類徹底恢復，那我們就完了……」

「猩大，會發生這種事都是因為你！」有族長將矛頭指向猩猩主宰，大聲怒吼。「猩大，你好大的膽子，竟然意圖瞞天過海，釀成如此大的災難！你必將受到百族之罰！」

「不可原諒！」

趁著在場所有主宰們的目光都定格在猩猩主宰身上時，言晃瞄準時機，低聲說：「在場所有籠子都沒有圍欄。」

——謊言判定為對立性事件……

言晃拿出了「幻象模擬器」，開始為現場所有動物構建新的幻境。

——判定成功。

系統聲音落下的一瞬間，新的幻境也已經構建完畢。在場所有主宰們都沒發現籠子的圍欄已經消失，在這些主宰眼中，這些人類依舊好好待在籠子裡。

可以逃離這個困境的人類並沒有急著離開，而是看向言晃和349——是這兩個人帶給了他們希望。

349看著言晃，言晃面色凝重。「我們需要火焰點燃屬於我們的圖騰，妳帶他們去尋找火焰，我會在這裡等你們。我相信你們，也請你們相信我。」

「幻象模擬器」不知道還能撐多久，一旦被主宰們發現這是幻象就前功盡棄了，因此他必須留在這裡，一來是應對突發情況，為明他們爭取時間；二來是因為他需要接近圖騰，等349送來火焰後，以最快的速度點燃圖騰。

這一次，他選擇將後背交於這些近乎原始，才剛剛開智的人類朋友。

349咬緊牙，點點頭，鄭重地說：「我們會，點火！」

說罷，她便跳了下去。其他人類見狀，也跟著跳了下去，緊跟在她身後。

此時，猩猩主宰被在場所有主宰用冷冽、憤怒的目光盯著，只覺得恐懼不已，連忙跪地求饒：「各位老祖宗，現在不是討論這件事的時候啊！人類就要復甦了，當務之急是祭碗禮！」

老祖宗們冷哼一聲，怒火令他們全身都在顫抖，但沒有失去理智。「他說得對，必須快點進行祭碗禮，只有祭碗禮能讓一切回歸平靜。」

「我們要加快速度。」

「把祭品送上來。」

族長們穩住心神，傳遞籠子的動作開始加快。

言晃坐在裡面，聽著面前的主宰說出自己的祈願：「請求人類失去最基本的體魄，弱小如螻蟻，一握皆亡。」

然後，他被傳到下一個主宰手中。

「請求人類失去最基本的反抗意志，令吾等隨意掌控。」

「請求人類失去最基本的智慧，令吾等輕易奴役。」

「請求……」

隨著無數請求進入耳中，籠子也被一層又一層送往最裡面，越來越靠近屬於人類的圖騰。很快地，第一個籠子便落入最後一位主宰手中。言晃也越來越接近最中心的神碗，他立刻開啟潛行狀態，跳下籠子。此時他已經離中心區很近了，只要他往上跳躍幾次，就能接觸到人類圖騰，以防萬一，他還是先躲了起來，暗中觀察著主宰們要做些什麼。

這位主宰拿出了籠子裡的一個「人」，將他丟入神碗之中。然而，這只是幻象。言晃並不知道「人」被丟入神碗之後會發生什麼，但那些主宰錯愕的表情告訴他，事情敗露了。

主宰們你看看我，我看看你。最後這位主宰拿出第二個「人」，將步驟再一次進行。神碗仍然沒有任何反應。

「這是怎麼回事？」

「莫非沒開智？」

於是牠們又試了第二個籠子、第三個籠子裡的「人」，仍然沒有任何作用。

這位主宰渾身發抖，狠狠將手中的籠子砸在了地上，強大的衝擊力讓金屬籠子瞬間變形，撞擊聲回蕩在山洞之中，幾乎要將言晃的耳膜擊穿。

言晃很清楚，一切已經沒有意義，於是他關閉了「幻象模擬器」。在場的所有「人類」都消失了，連籠子都只剩下一個底盤。

主宰們意識到了什麼，暴怒著吼叫：「該死！該死！」

「這到底是怎麼回事?!」

言晃放緩呼吸，保持著潛行狀態，等待火種的到來。他打開了安裝在洞口的「中級全視角探測」，觀察起外面的情況。

此時，許許多多背著一根小小木柴的人類來到了大樹底下，他們之中不僅有從牧場逃出的人類，從小鎮離開的人類，還有剛剛從洞中逃出的人類。他們避開看守在洞口的猴子和飛鳥，開始攀爬高高的樹木，一人跌落就會有一人補上，雖然爬行緩慢，但是他們距離樹頂的火焰越來越近。

但很快地，巡邏的飛鳥發現了他們。

「這些該死的祭品要做什麼？」飛鳥開始阻止樹上的人類，猴子則去洞中通知主宰們。

儘管飛鳥拚命阻止，但是人類前行的步伐仍勢不可擋。349髒兮兮的臉上露出堅定的神情，大聲呼喊著，像是一位優秀的指揮官，其他人聽見了她的聲音，也大聲叫著，爬上去的速度越來越快。

他們的叫聲喚來更多的同伴。

被猴子叫出來的主宰們此時此刻終於明白了人類的目的，大驚失色。「快阻止他們，不能讓他們接觸到火焰！」

主宰們巨大的手掌揮下，不停地拍打著樹上的人類，只是為時已晚。越來越多的人出現在這裡，越來越多的人爬上了樹。每個人都明白，這次的機會來之不易，如果他們退縮了，或許將永無翻身之日，從此只能任由主宰們肆意欺凌。

他們的血肉、他們的靈魂，將永遠不見天日。

人類的潛能是無限的，哪怕是未開智的人類。既然不能爬樹，他們便默契地以血肉之軀鑄成人梯，讓後面的人踏著人梯，朝著更高處攀爬。終於，有一個人，在最高處一躍而起。

火焰點燃了木柴，剎那間，木柴變成了火把，所有人眼中都燃起了希望的光。

然而，猩猩主宰一巴掌拍了過來。眼看那剛剛點燃的火把就要被拍滅，持有火種的人類將自己的火把往下一丟。火把掉落，卻燃起了一條絢爛的星火。

下方的人類將自己背上的樹枝全都扔到了火把下方，下一瞬間，熊熊烈火沖天而起。在地上的人類拿起火把衝向洞穴。

主宰們大怒，開始用腳踩向人類。燃燒的火焰越來越少，349緊咬著牙，又瘦又小的身軀在火光的照耀下，充滿了巨大的能量。

現在，她走到了這裡，即使她全身發痛、傷口遍布，也不敢停止。她緊緊抓著手中僅剩的火把，用言晃教給她的，屬於人族的語言，一邊奔跑一邊高喊著——

「人族！不滅的人族！」

人類的語言傳遞到了更多人耳中，他們不明白那是什麼意思，語言本身的力量就是不可估量的。他們努力學習著這種語言，一邊陪著349奔跑，一邊高喊著——

「人族！」

「不滅的人族！」

言晃聽到聲音，猛然站了起來，飛速向著洞口奔去。他看到了拚盡全力衝過來的349，看到了拚命向他靠近的同族們，看到了那微弱卻象徵著自由與希望的火光。淚水模糊了他的視線，他卻覺得自己從未看得這麼清楚過。

這是一場堪稱奇蹟的戰鬥。

言晃接住了拚盡全力衝過來的349，此刻她的意識已經有些模糊，手上多了些燙傷，體力已經透支。她強撐著最後一絲力氣，將代表著希望的火把遞到了言晃手中。

「我……功……」

言晃渾身一震。他懊悔著，想要帶著349快點逃離這裡，為她好好醫治，但現在不能，他現在的身體不是自己的，也不能是自己的——在他身上，寄託著人族的意志。

言晃緊緊抱住349，輕輕地在她耳邊問：「349，妳後悔嗎？」

349微笑著搖頭。「我……很感……激你。」

主宰們發現了火焰的存在，徹底暴怒。「找死，你們找死！」

言晃安撫地摸了摸349的頭，溫柔地說：「不要害怕，我會保護妳。」

言晃將她抱起，靈活地躲過主宰們的瘋狂攻擊，順著牠們的手臂，一下又一下跳躍到放著神碗的高台上。

石堆堆砌而成的巨蛇依舊張著大嘴，言晃抱著349在巨蛇上跳躍，很快便來到了神碗邊上。

他沒有絲毫猶豫，將那承載著所有希望的火把投入神碗之中。那一刻，有人類圖騰的器皿中，終於亮起了耀眼的光芒，輝煌而盛大。

349專注地看著那越發燦爛的火光，稚嫩的小臉上又一次露出燦爛的笑容。

「100……火……亮了。」

她用盡最後的力氣說完，永遠地閉上了眼睛。

言晃抱著她，看著燃起的火焰，唇角勾起一個淺淺的微笑，眼淚卻順著臉頰滑落。

他說：「是啊，火亮了。」

人類的文明之火，再一次燃燒。

下方的主宰們在火光亮起後開始發出絕望的哀號，與此同時，周圍的一切都發生了巨大的變化。

人類圖騰被壓抑數年的火焰將洞穴正上方的頂部融化，而後，圖騰一點點升至半空，與百族圖騰殘破的地方，完美融合。

百族的火焰與人族一起，生生不息。

渺小的人類在這一瞬間，一點點變大，一點點掙脫束縛。

主宰們癱坐在地上，全身顫抖著。如今大局已定，牠們無法再去更改，可是心中又充滿了哀怨和不甘。

「我們又做錯了什麼呢？」

「我們不過是將那些遭遇，還給了你們而已。」

「為什麼……為什麼我們要遭遇那些……」

「神啊，請告訴我，我們這些種族，生存的意義，到底是什麼？」

但神不會回應任何人。

萬物逐漸消失，從悲泣的主宰到恢復正常的人類，再到燃燒的火焰，周圍的一切都暗了下來，讓人感覺一切都已落幕。

言晃依舊跪坐在原地，喃喃自語：「這就是，結局嗎？」

不，不是，這個副本裡的神還沒有出來，這大概並不是祂想要的結局。

實況台的彈幕全都是讚美他做得有多好，人族的精神多麼可歌可泣，玩家們歡呼著、慶祝著，卻沒有察覺到這個副本尚未結束。言晃呼出一口氣，閉上了眼睛。自從進入副本以後，他從來沒有如此累過。他知道這個副本的神還在等他，等他為祂迷茫的願望交出完美的答案。

或許一年、兩年，這個副本裡的人類會牢記那段痛苦的時光，擁有超高智慧與感知的他們會時刻警醒自己，會有所改變。

但不會忘記的，不只有歷史，還有仇恨。

這個世界或許會在未來某一天，在壓迫與被壓迫中重蹈覆轍。

怎麼樣才能永遠保持和平？這是個連副本也給不出答案的問題。他也不知道答案。但是，他可以換個解答的方式。

不過，在此之前，請讓他休息一會兒，一小會兒就好。

神在虛空之中默默地看著虛弱的他閉上了眼睛。

神不著急也不催促，畢竟在副本裡，言晃為了幫助人類，多次使用精神力，消耗巨大，現在一切都已結束，他也確實要好好休息一下了。

時間不知道過了多久，終於，言晃緩緩睜開了眼睛，薄唇輕啟：「可以了。」

下一秒，系統提示音響起：

——恭喜玩家「欺詐者言晃」通關特殊類D級副本「人類牧場」。你的通關線路判定為BE線。

就在這時，言晃突然出聲：「等等！我只是說可以了，並沒有說副本已經結束，畢竟，這不是妳想要的答案吧？

「349。」

話音落下，原本已經死亡的少女重新出現在言晃眼前，此時她身上的傷全都消失，但眼神變得複雜又迷茫。慢慢地，她彎下了腰，化作一隻漂亮的黑貓，舔了舔自己的前爪。

如今，她的記憶全都回來了——在現實裡，她是遭到虐殺的黑貓；在副本裡，她是受到欺壓的人類。

「明明我變成了人類，為什麼我的命運還是無法更改？」349看著言晃，她覺得眼前這個男人，能夠告訴她答案。「100，請告訴我，我該怎麼做。」

言晃看著面前的黑貓，認真地說：「我沒有答案。」

黑貓看向言晃，明亮的琥珀瞳色黯淡了許多，低下頭似乎是在苦笑。「是啊，無論是站在哪一方，我都無法思考出最後的答案……我會在這裡待很久嗎？」

她已經明白了自己的命運，或許等她真正想出這個答案之後，她才能從這個地方離開。在此之前，她會無數次成為349，不斷經歷被出售、被當作寵物的一生。

言晃打斷了她的思緒。「人類作為現實世界的主宰，一直在利用一切資源為自己服務，但很多時候卻忘記了人類本身也是自然的一部分。動物、植物、海洋、森林……我們明明有那麼多需要保護的東西，卻總是一葉障目，為了眼前的利益涸澤而漁。我們忘記了只有互利共生、和諧相處，才是最穩定的循環；忘記我們每個人，其實都擁有控制自我的力量；忘記了在這個世界中，我們並沒有資格主宰一切生命——我們也只是自然的孩子。」

他繼續說：「看到壁畫的時候，我確實想過，這會不會是一種報應。因為我們忘記了原本該做到的事，因為我們將自己擺在更高等的位置，恣意傷害自然界的一切，所以得到了懲罰。」他苦笑。「但我還是沒有辦法坐視不管。我承認我是自私的，身為一個人，我無法忍受這種殘酷的世界，所以想讓人類重新成為主宰。我沒有資格請求妳的諒解，也沒有力量改變什麼，我只能贈送妳一個，由妳重新定義的世界。」

黑貓愕然，緊緊盯著言晃，疑惑地發問：「什麼意思？」

言晃伸出手，溫柔地輕輕撫摸著她的腦袋。

「如果無法改變世界的話，那就重新創造一個由妳定義的世界好了。從山與海開始，從生物的誕生開始，由妳制定規則，由妳制定走向。」

言晃張開手，掌心處躺著一顆翠綠色的種子，這是「小世界樹樹種」。他開口說：

「這裡將誕生一個虛無的世界。」

——謊言判定……

——成功。

——判定結果：小世界樹樹種生根發芽，開出虛無世界。

「小世界樹樹種」之上破開淺色的根，根上生葉，而後越長越大，越發粗壯，逐漸長成一棵枝繁葉茂的參天大樹。

樹上開出無數葉片，伴隨著白色的光點，讓虛無的黑暗誕生了蔚藍的海洋、一望無垠的森林、湛藍的天空、潔白的雲……

那一棵巨樹的葉片突然散落在世界四周，化作供給世界的能量——一個全新的世界，誕生了。

「試試看，去創造妳想要的一切，制定全新的規則。」言晃鼓勵她。「例如，風從冷處傳向熱處；例如，每種生物之間和平共生。」

黑貓瞪大了眼睛，不敢相信地看著他。

言晃輕笑著：「如果在這個世界找尋不到答案的話，就去其他世界看看。總會有辦法的，不是嗎？」他的聲音已經十分微弱。

黑貓感覺到自己的身體在消散，以一種奇異的形式融入言晃所創造的新世界之中。

她擔憂地看著言晃。「100，你……」雖然不知道100是怎麼做到創造新世界的，但她知道，能創造一個世界，即使是一個虛幻的世界，也絕對需要一份恐怖又強大的力量。這份力量超越了所有規則，凌駕於副本之上。

言晃對著正在消散的黑貓柔聲安撫：「別擔心，我不會有事的。」

——恭喜玩家「欺詐者言晃」成功通關特殊類副本「人類牧場」OE線（開放式結局），成為全副本首位達成OE結局者，可喜可賀！

言晃聽著耳邊系統的播報，臉上帶著笑意，在黑貓徹底消失後，緩緩閉上了眼睛，意識開始消散。

在他的背包之中，「謝扶沐的守護」突然出現裂痕。

副本遊戲大廳，玩家們發現屬於人類牧場的副本格子被離奇地封鎖住了，無人能開。而那黑色的螢幕上，只留下了一行短短的通關寄語：

我的靈魂與意志之火永不熄滅！

公會「百道」的會長墨為直到看到言晃的實況台徹底關閉後，才不敢置信地看向國王，震驚地說：「欺詐者擁有創世的能力?!」

國王臉上也帶著幾分震撼和興奮，並沒有正面回答墨為，意味深長地說：「塔羅有非他不可的原因。」

墨為深呼吸，受夠了國王這故弄玄虛、說話說一半留一半的作風，第一次失態地伸出手抓住國王的衣領質問：「你在真理之世到底看到了什麼？」

國王冷冷一笑，語氣盡是嘲諷。「當然是副本的根鬚。」

墨為知道他還在隱瞞，但隱隱約約也明白了什麼，鬆開他的衣領，嗤笑一聲：「現在欺詐者都要死了，你看到什麼也無所謂了。」

國王笑了笑，高深莫測地說：「他不會死的。」說完，便消失在原地。

墨為咬咬牙，也消失在原地。

遊戲大廳中，忽然爆出一道女孩聲嘶力竭的哭叫。

（第二集完，故事待續）

今夜無神 2

原 著 書 名／今夜無神
作　　　者／季南一
企劃選書人／王雪莉
責 任 編 輯／王雪莉
發　行　人／何飛鵬
總　編　輯／王雪莉
業 務 協 理／范光杰
行銷企劃主任／陳姿億
資深版權專員／許儀盈
版權行政暨數位業務專員／陳玉鈴
法 律 顧 問／元禾法律事務所　王子文律師
出版／奇幻基地出版
城邦文化事業股份有限公司
台北市南港區昆陽街16 號 4 樓
電話：(02)25007008　傳眞：(02)25027676
網址：www.ffoundation.com.tw
e-mail：ffoundation@cite.com.tw
發行／英屬蓋曼群島商家庭傳媒股份有限公司城邦分公司
台北市南港區昆陽街 16 號 8 樓
書虫客服服務專線：(02)25007718 · (02)25007719
24 小時傳眞服務：(02)25170999 · (02)25001991
服務時間：週一至週五09:30-12:00 · 13:30-17:00
郵撥帳號：19863813　戶名：書虫股份有限公司
讀者服務信箱 E-mail：service@readingclub.com.tw
歡迎光臨城邦讀書花園 網址：www.cite.com.tw
香港發行所／城邦（香港）出版集團有限公司
香港灣仔駱克道 193 號東超商業中心 1 樓
電話：(852) 2508-6231 傳眞：(852) 2578-9337
馬新發行所／城邦（馬新）出版集團
【Cite(M)Sdn. Bhd.(458372U)】
11, Jalan 30D/146, Desa Tasik,
Sungai Besi, 57000 Kuala Lumpur, Malaysia.
電話：(603) 90578822　傳眞：(603) 90576622

封面版型設計 /蔡佩紋
封面、贈品圖素／雁北堂（北京）文化傳媒有限公司
排　　版／芯澤有限公司
印　　刷／高典印刷有限公司
■2025 年4月24日初版一刷

售價／350元

國家圖書館出版品預行編目資料

今夜無神 2 / 季南一著—初版—臺北市：奇幻基地出版； 城邦文化事業股份有限公司出版：英屬蓋曼群島商家庭傳媒股份有限公司城邦分公司發行，；2025.04
面：公分.
ISBN 978-626-7436-87-5 (第 2 冊 : 平裝)

857.7　　114003987

ISBN 978-626-7436-87-5
Printed in Taiwan.

城邦讀書花園
www.cite.com.tw

廣 告 回 函
北區郵政管理登記證
台北廣字第000791號
郵資已付，免貼郵票

115台北市南港區昆陽街16號4樓

英屬蓋曼群島商家庭傳媒股份有限公司城邦分公司 收

請沿虛線對摺，謝謝

奇幻基地

每個人都有一本奇幻文學的啓蒙書

奇幻基地粉絲團：http://www.facebook.com/ffoundation

書號：1HI140　　書名：今夜無神 2

| 奇幻基地 · 2025年回函卡贈獎活動 |

買2025年奇幻基地作品（不限年份）五本以上，即可獲得限量隱藏版「山德森之年」燙金藏書票！

子版活動連結：https://www.surveycake.com/s/ZmGx

：布蘭登 · 山德森新書《白沙》首刷版本、《祕密計畫》系列首刷精裝版（共七本），皆附贈限量燙金「山德森年」藏書票一張！（《祕密計畫》系列平裝版無此贈品）

「山德森之年」限量燙金隱藏版藏書票領取辦法

動時間：即日起至2025年12月31日前（以郵戳為憑）

加辦法與集點兌換說明：

2025年度購買奇幻基地出版任一紙書作品（不限出版年份及創作者，限2025年購入）。

於活動期間將回函卡右下角點數寄回本公司，或於指定連結上傳2025年購買作品之紙本發票照片 / 載具證明 / 雲端發票 / 網路書店購買明細（以上擇一，前述證明需顯示購買時間，**連結請見下方**）

寄回五點或五份證明可獲限量隱藏版「山德森之年」燙金藏書票，藏書票數量有限送完爲止。

每月25號前填寫表單或收到回函即可於次月收到掛號寄出之隱藏版藏書票。藏書票寄出前將以電子郵件通知。

若填寫或資料提供有任何問題負責同仁將以電子郵件方式與您聯繫確認資料。若聯繫未果視同棄權。

若所提供之憑證無法確認出版社、書名，請以實體書照片輔助證明。

持別說明

. 活動限台澎金馬。本活動有不可抗力原因無法執行時，主辦單位有權決定取消、中止、修改或暫停本活動。

. 請以正楷書寫回函卡資料，若字跡潦草無法辨識，視同棄權。

. 單次填寫系統僅可上傳一份檔案，請將憑證統一拍照或截圖成一份圖片或文件。

. 隱藏版「山德森之年」燙金藏書票一人限索取一次

. **本活動限定購買紙書參與，懇請多多支持。**

個人資料：

名：____________ 性別：________ 年齡：________ 職業：________ 電話：____________

址：________________________ Email：____________

對奇幻基地說的話或是建議：________________________________

限量燙金藏書票

電子回函表單QRCODE

請剪下右邊點數，集滿五點寄回奇幻基地即可參加抽獎，影印無效。

1
A Year of Sanderson
2025